KB083798

고잉 그레이

Going Grey

GRAY HAIR TOIU SENTAKU
@SHUFUNOTOMO CO., LTD. 2018
Originally published in Japan by Shufunotomo Co., Ltd
Translation rights arranged with Shufunotomo Co., Ltd.
Through BC Agency

고잉
그레이
Going Grey

나는 흰머리 염색을
하지 않기로 했다

주부의 벗 지음 | 박햇님 옮김

베르단디
VERDANDI

그레이 헤어란…

검은 머리칼 속에서 처음으로 흰색 머리칼을 발견하면, 그저 새치라 여길 것이다. 누구든 이건 단지 우연일 뿐이라 예상하리라. 하지만 언제부턴가 흰색 머리칼은 점점 수가 늘어 숨길 수 없는 수준이 된다. 내가 늙어가고 있다는 것을 인정하고 싶지 않은 마음에 결국 검게 물을 들인다.
나이가 들수록 이런 술래잡기에 속도가 붙고, 물들이고 물들여도 언젠가는 따라잡을 수 없는 순간이 오고야 만다.

자연스럽지 못한 염색이란 행위에 의문을 품으면, '언제까지 이렇게 물들여야 하는 거지?'라는 생각이 마음속에 차오른다. '차라리 염색을 그만두는 건 어떨까…?'

'너무 이른가?'
'그럼 언제 그만두지?'
불안, 망설임, 두려움….
복잡한 감정에 휩싸였을 때 용기를 내어 문을 열면 그 앞에 희미하지만 다른 길이 우리를 안내한다.

Grey Hair

Contents

프롤로그　　흑에서 백으로 옮겨가는 인생의 아름다운 계절 *004*

특별기고　　그레이 헤어, 매혹적인 변화이자 새로운 세계로 넘어가는 시작 … 배우 예수정 *012*

특별기고　　멋진 노년의 롤모델이 된다는 것, '그레이 헤어'라는 선택 … 화가 오금숙 *016*

특별기고　　여자들의 성공적인 미래, 그레이 헤어로 가는 길 … 에세이스트 사이토 가오루 *020*

PART 1

머리칼을 물들이지 않기로 한 사람들
그녀들의 그레이 헤어 스토리

Grey 1　　유키 안나 · age 63
가짜 색으로 감추기엔 너무 아깝다!
진짜 나의 색이 나를 더 자유롭게 하니까 ················· *030*

Grey 2　　나이토 사키에 · age 49
긴자 거리의 콘셉트 숍 매니저
그레이 헤어에 도전하다 ························· *044*

Grey 3　　나가이 미키코 · age 55

부자연스러운 사회 룰에 반기를 들다
우리 세대의 여성이라서 가능한 선택 ······················ *052*

Grey 4　　미야하라 마유코 · age 55

남편과 함께 도전한 새로운 목표
늘 꿈꾸던 여성상에 가까워지다 ························· *056*
◇**나만의 스타일 찾기** ┃ 그레이 헤어가 돋보이는 미야하라 씨의 30초 올림머리 064

Grey 5　　야나세 구미코 · age 54

다시 오지 않을 지금
아름다움의 깊이를 누려야 한다 ························· *068*
◇**나만의 스타일 찾기** ┃ 실용성과 멋스러움을 갖춘 헤어스타일 제안 076

Grey 6　　후카이 모모코 · age 53

염색은 스톱
메이크업과 코디에 더 시간 투자를! ························ *078*

Grey 7　　야마모토 나오코 · age 56

바라는 것은
안티에이징이 아닌 '굿 에이징' ························· *084*
◇**나만의 스타일 찾기** ┃ 야카이마키 전용 핀이 있다면
누구나 쉽게 올림머리를 할 수 있어요! 090

Grey 8　　하기오 미도리 · age 64

검은색, 흰색 투톤이지만
언제나 어깨를 펴고 당당하게 ···························· *092*
◇ **나만의 스타일 찾기 |** 그레이 헤어를 멋스럽게 보이게 하는 나만의 스타일 096

Grey 9　　마쓰하시 유카리 · age 53

아팠던 게 그레이 헤어가 된 계기
지금의 선택에 후회는 없어 ···························· *110*

Grey 10　　고노 시즈요 · age 67

플래티넘 헤어에 고취되어
오늘도 나를 가꾼다 ································· *114*

Grey 11　　다바타 아키코 · age 72

내 마음에 들고 어울리면 그뿐
머리칼이 무슨 색이든 상관없어 ···················· *120*

Grey 12　　가와사키 아쓰요 · age 80

'이대로 갈 테야!'
결정한 뒤엔 자신을 가질 것 ······················ *128*

Grey 13　다케바야시 가즈코 · age 75

젊어 보이기보다
멋지게 나이 드는 모습을 보여주고 싶어 ····················· *136*

Grey 14　요시오카 미호 · age 71

내게 그레이 헤어는
치열하게 살아온 날들의 증거 ······························· *142*

Grey 15　기타하라 구니코 · age 64

모발색도 삶의 방식도
'내추럴'하게 ··· *150*

PART 2

1년간 그레이 헤어로 기르기

아사쿠라 마유미 · age 46
1년 동안 그레이 헤어로 가는 여정 ·························· *160*

PART 3

그레이 헤어라서 더 잘 어울리는
패션 & 메이크업

패션편
step1 팬톤 컬러도 거뜬히 소화하는 그레이 헤어만의 코디 마법 183
step2 포인트가 되는 패션소품! 188
step3 블링블링한 소품은 '최대한 얼굴 가까이'로 가져가는 게 정석 191
step4 흰색 셔츠는 제구실을 다하는 아이템, 거뭇해진 피부 톤을 화사하게! 195

메이크업편
step1 빨간색 립스틱이 어느 때보다 잘 어울리는 나이 198
step2 돋보이는 피부 광택과 은은한 치크로 자연스러운 동안 메이크업 연출 203
step3 이때다 싶은 순간! 눈에 힘을 싣는다 208

헤어편
그레이 헤어 관리의 핵심! 윤기와 볼륨을 잡아라 210

헤어살롱편
흰머리 기르기의 스트레스를 줄여줘요! '그레이 헤어로의 전환'을 응원하는 헤어숍들 212

각주 226

예수정

영화배우, 연극배우

그레이 헤어, 매혹적인 변화이자

새로운 세계로 넘어가는 시작

흰 머리카락!
또 한 영역을 받아들일 때가 되었다고 몸이
내게 보내는 신호다.
그래서 옛 어른들은 백발이 인생의
월계수라 말하기도 했나 보다.

마흔 초반, 살기도 바빴던 시절. 어느
날인가 오랜만에 쳐다본 거울 속 내 얼굴에
놀란 적이 있다. 삶에 지쳐 표정이 없어진
얼굴, 희로애락이 사라져버린 생물이
날 보고 있었다. 거기 언뜻 보이는 하얀
머리칼 몇 가닥이 반짝였다. 윤기 있고
힘 있는 거라곤 그 흰 머리칼뿐이었다.
고마움은커녕 지뢰라도 발견한 듯 냉큼

뽑아냈다. 그 후론 거의 지뢰 소멸 작전이라도
실행하듯 샅샅이 뒤져 뽑아냈다. 그렇게 몇 년이
지나자 번지듯 퍼지는 흰 머리칼을 일일이 뽑기도
귀찮아져 드디어 염색을 시작했다.

석 달에 한 번, 두 달에 한 번 하던 것이 한 달에 한
번으로 주기가 짧아지자 이 번거로운 일에 대해
심각하게 생각하기 시작했다. 고민과는 별도로
직업상, 나이 있는 역을 할 땐 검게 염색한 머리칼
위에 반대로 흰 칠을 해야 했다. 이 얼마나 우스운
상황인가! 반복되는 상황을 마무리해야겠다는
마음에 결정을 내렸다. '본래의 흰 머리칼 위에
얹혀 있는 검은 물부터 빼자!'

검은 물을 한 번 빼니 상상 속 어린왕자 머리칼처럼
황금빛이 되었다. 생각지도 못한 황금빛이 아름다워
가슴이 설레었다. 그 빛을 일주일쯤 즐기다가
직업상 또 머리칼을 녹였다. 그래도 흰빛이 안 나와
일주일 후 또 뺐더니 어슴푸레 흰빛에 가까워졌다.
문제는 이 낯선 백발 콘셉트를 어느 연출이나 감독이
받아들일까 하는 것이었다.
'머리칼 색도 디자인이니 우선 고정관념을 깨는
데서부터 시작해보자. 또한 디자인이란 남녀노소 중

그 어느 실체 하나 편협하게 비껴가서는 안 된다'고
거의했었다. 분장 디자이너들의 입의를 센 쓰름
지쳤지만, 오히려 연출, 감독들은 흔쾌히 받아들였다.
이후 고증이 필요한 작업이 아닐 땐 나의 백발을
기본으로 역할에 어긋나지 않게 살짝 머리칼 빛을
디자인한다.

이러고 보니 실생활에서 많이 편하다. 염색하는
번거로움에서 해방되었다.
주변에선 걱정이 많기도 많았다. '너무 나이 들어
보인다', '왜 벌써 그러느냐', '옷 입는 데도 너무
제한적이지 않느냐' 등등. 맞는 말씀들이긴 하나
이 모든 충고를 넘어설 만큼 지금의 나에겐 편함의
수치가 크다.

그레이 헤어를 시작으로 내 앞에 열려 있는 또 다른
영역에 대한 신호탄들을 받아들이며 새로운 세계를
느긋하게 넘볼까 한다.

오금숙
화가, 인플루언서
@greatgrey_oh

멋진 노년의 롤모델이 된다는 것,
'그레이 헤어'라는 선택

30년 전쯤 흰머리가 처음 생겼습니다.
그다지 반갑지 않은 손님이었죠. 그때는
흰머리를 가리기에 급급했어요. 당시엔
흰머리가 노년의 상징 같은 것이었고,
전 아직 늙을 준비가 되지 않았다고
생각했거든요. 30년 동안이나 염색을
했습니다. 염색이 건강에 좋지 않다는 건
알았지만 '늙은 사람'이 되는 건 용납할 수
없었죠.
그러다 3년 전에 척추 수술을 받게
되었습니다. 병원에 3개월간 입원하게
되었는데 그사이 흰머리가 많이 자랐어요.
병원에서 염색을 시도해봤지만 몸이
움직이지 않아 어쩔 수 없이 스스로 타협을

했습니다. '딱히 볼 사람도 없으니 일단 이대로
놔두자'라고요.

그때 처음으로 온전한 저의 흰머리를 보았습니다.
점점 그레이 헤어로 변하는 모습이 (물론 전보다
나이는 들어 보였지만) 은근히 마음에 들더군요.
몇몇 사람들은 늙어 보인다며 염색을 하라고 독촉
했지만 저는 왠지 색다른 분위기의 새 옷을 입은
것 같았습니다. 젊었을 때부터 워낙 옷을 좋아하긴
했지만 그레이 헤어가 된 후에는 신기하게도 어떤
옷을 입어도 잘 어울렸어요.

용기를 내 작년부터 SNS를 시작했습니다. 저의
일상은 담은 패션사진을 올렸죠. 생각보다 많은
분들의 관심과 사랑을 받았습니다. 특히 젊은
친구들이 많이 방문해서 '멋지다'고 말해주니 요즘은
더할 나위 없이 행복합니다. 누군가가 꿈꾸는 노년의
롤모델이 되었고 '저 사람처럼 늙고 싶다'라는 마음이
들게 했다는 건 정말 벅찬 일이잖아요.

요즘 사람들은 일부러 탈색을 해서 머리를 하얗게
만들더군요. 길 가다 젊은 친구들에게 탈색하셨냐는
질문을 여러 번 받았는데 저는 그 질문이 참
재미있었어요. 나이 든 사람에게 하얗게 머리를
탈색했냐고 묻는 게 이상하잖아요. 그러고는
깨달았습니다. '아, 요즘 젊은 친구들에게 흰머리는

우리 세대처럼 할머니나 늙은 사람이라는 개념이
아닌가 보다'라고요. 그레이 헤어 자체가 하나의
패션이고 개성의 표현이란 것을 알게 되었습니다.
그레이 헤어가 된 후 저는 패셔너블하고 개성
있는 사람이 되었습니다. 그레이 헤어를 고민하는
이들에게 말해주고 싶어요. 흰머리가 나기
시작했다고 무조건 그레이 헤어가 되어야 하는 것은
아닙니다. 하지만 언젠가 '때'가 오기 마련이죠. 그
'때'가 오면 남들의 시선이나 말들은 개의치 마세요.
자연스럽게 나이 듦을 받아들이세요. 온전한 나를
받아들이면 그것이 나만의 개성이 되거든요. 그러면
어느덧 자신만의 분위기로 꾸밈없이 진솔한 나만의
멋을 찾을 수 있답니다.

여자들의 성공적인 미래
그레이 헤어로 가는 길

사이토 가오루

여성지 편집자를 거친 뒤 독립해 미용 전문 저널리스트이자
에세이스트가 되었다. 여성지에 여러 편의 에세이를 연재하는 한편,
미용 기사의 기획, 화장품 개발, 뷰티 어드바이저, NPO 법인 '일본
홀리스틱 뷰티' 협회이사 등으로 폭넓게 활동한다. 현재 『Yahoo! 뉴스
개인』에서 칼럼을 연재 중이며, 몇 권의 책도 집필했다.

최근 거리를 걷다가 문득 정신을 차려
보면 내 시선은 한결같이 그레이 헤어의 여성을 바라보고
있다. 내가 벌써 그런 나이가 되었나? 물론 그런 이유도 있
겠지만, 돌이켜보면 그레이 헤어의 여성에게 눈길을 빼앗
기기 시작한 건 훨씬 더 이전부터다.

내가 아직 이십 대였던 시절, 오쿠라 호텔 로비에서 마주친 멋스러운 분위기의 그레이 헤어 여성은 지금까지도 그 모습이 생생하다. 그 짧은 순간에 아름다운 웨이브 머릿결이 마음속 깊이 새겨졌다는 사실이 나조차도 놀라울 따름이다. 그 여성분의 나이는 어림짐작해도 오십 대 초반인 것 같았다. 확실히 당시에는 좀처럼 보기 드문 스타일이었다. 겉모습으로 짐작되는 나이에 비해 흰머리가 많아서 당황한 건 사실이지만, 그걸 뛰어넘어 '와, 뭔가 분위기 있다. 꽤 멋있어'라는 생각으로 마음이 두근거렸다.

어찌 됐든 그레이 헤어가 내 눈길을 끌기 시작한 건, 트렌드가 된 요즘이 아니라 꽤 오래전부터다. 최근에는 아름다운 모습의 그레이 헤어 여성이 많이 늘어서 거리를 걷다가도 종종 마주치게 된다. 그레이 헤어에 사람의 마음을 사로잡을 만한 무언가가 있다는 사실만은 확실해 보인다. 시대를 뛰어넘어 신비로워 보이기까지 하니 말이다.

히치콕 감독의 영화 '현기증'을 본 적이 있는가? 주연 배우인 킴 노박은 60년대를 대표하는 전설적인 미녀 여배우로 화려한 스타일의 금발 헤어가 인상적이었다. 하지만 이 영화에서는 원래 머리색보다 더 옅은, 흰색에 가까운 플래티넘 블론드[1] 컬러로 등장한다. 그 헤어 컬러가 스토리의 중요한 장치였기 때문이다. 플래티넘 블론드의 아름다운 여성에게 농락당한 남자는 여자가 자살한 뒤 우연히 그녀를 쏙 빼닮은 한 여자를 만나는데, 그녀의 머리칼은 브라운 길너에 가깝나. 사랑했던 옛 여인의 모습을 지울 수 없었던 남자는 새로 만난 여자에게 머리를 플래티넘 블론드 컬러로 염색하라는, 상식에서 벗어난 요구로 그녀를 압박한다.

감독 자신이 플래티넘 블론드 여성에게 필요 이상으로 집착하는 게 아니냐는 말이 나돌 정도로, 히치콕의 작품에는 대부분의 여주인공이 백금발에 가까운 블론드 헤어로 등장한다. 감독이 특별히 애착을 보였다고 알려진 영화 '새'의 여주인공, 티피 헤드런도 회색에 가까운 플래티넘 블론드 헤어였다.

이처럼 플래티넘 블론드의 숭배자라고도 일컬어지는 히치콕 감독의 특이한 기호는 자신이 표현한 수많은 영화에 소재로 사용되기도 했는데, 나는 어쩐지 그 마음을 이해할 수 있을 것 같은 기분이 든다.

흔히 '남자라면 모두 금발을 좋아해'라고도 하고, '금발'하면 뱀파이어 계열을 상징하기도 한다. 하지만 회색 빛깔의 플래티넘 블론드라고 하면 단번에 지적인 이미지로 바뀐다. 노란 빛깔이 강한 블론드 컬러가 회색 빛깔을 띠는 것만으로도 180도 다른, 단아하고도 품위 있는 중후한 이미지가 된다. 이것이 그레이 컬러가 가진 효과일 것이다.

히치콕 감독은 천재적인 영화감독으로서 그레이 헤어가 여성을 얼마나 더 매력적으로 보이게 하는지, 그 비밀스러움을 이미 눈치채고 있었던 게 아닐까? 오늘날 그의 비정상적 집착을 수많은 여성들이 이해하고 있는 것도 그 때문이 아닐까 싶다.

블론드와 섞인 그레이든, 흰머리와 섞인 그레이든 결과적으로는 같은 맥락이다. '화이트 그레이'라는 컬러는 여성의 피부를 돋보이게 할 뿐 아니라, 인간의 존재 자체를 더 고귀해 보이게끔 한다. 이런 그레이의 숨은 가치는 충분히 살리고 볼 일이다.

운 좋게도 우리네 머리칼은 나이가 들수록, 그대로 두기만 해도 그레이로 변한다. 단지 '진짜 그대로 두기만 하면 돼?'라고 묻는다면 대답은 그렇지 않다. 솔직히 말하자면 그레이가 될 때까지 정성을 쏟아 관리하고, 헤어스타일만이 아니라 패션에도 심혈을 기울이는 등 전반적으로 신경을 쓰지 않으면 성공하기 어렵다. 다시 말하자면 그레이 헤어는 그 자체가 멋을 내는 한 방법이기 때문에, 매일 '스타일링'이라는 사실을 인식하며 관리해야만 하는 것이다.

혹시 동양인의 검은 머리칼이 정장과 어울리지 않는다고 생각해본 적이 있는가. 뭘 입어도 묵직해 보인다고 느꼈다거나. 한 예로 옅은 블루나 누드 핑크 컬러인 시폰 소재의 원피스를 입을 때 '아, 만약 머리칼 색이 여배우 기네스 펠트로처럼 흰색에 가까운 블론드였다면' 하고 바랐던 기억이 있을지도 모르겠다. 혹은 블랙 미니 드레스를 입거나 머리에 검은 카투사 군모를 쓸 때도, 카트린 드뇌브 같은 헤어 컬러였다면 얼마나 더 세련돼 보일까 생각하며 부러움을 금치 못했을지도.

물론 검은 머리칼도 좋은 점은 있다. 사실 레드 컬러의 옷이야말로 까만 머리칼에 코디했을 때 더 매혹적으로 보인다. 그런데도 많은 사람들이 '생애 단 한 번쯤은 저토록 섬세한 블론드 컬러의 머리칼이 되어보고 싶다'고 생각할 것이다. 이런 바람을 그레이 헤어로 이룰 수 있다면 당신은 어떤 결정을 내리겠는가?

이십 대에 우연히 본 뒤로도 좀처럼 잊히지 않던 그레이 헤어의 그녀는 그날 블루그레이 컬러 원피스에 같은 컬러의 시폰 소재 롱 스카프를 두르고 있었다. 회색 빛깔 머리칼은 양쪽 길이가 확연히 다른 언밸런스 쇼트 커트에 볼륨감이 있었고, 매우 크고 화려한 블루 컬러의 반원형 귀고리를 하고 있었다.

상상해보라. 어디 하나 흠 잡을 데 없는 멋이란 잊으려 해도 잊히지 않는다. 단지 새삼스레 되짚어 생각하자면 그 사람이 만약 검은 머리칼이었다면, 흔한 브라운 컬러 헤어였다면, 이렇게까지 기억에 남았을까 의문이다.

개인적으로는 플래티넘 블론드만이 낼 수 있는 맵시를 따르고 싶지만, 그렇다면 더욱이 그레이 헤어를 노려야 한다고 생각한다. 다시 말하지만 그레이 헤어에 부정적인 요소란 한 가지도 없다. 오히려 제 나이에 어울리는 멋과 로망을 이루는 데 필요한 긍정적인 부분만 가득하다. 나 역시 하루빨리 완벽한 그레이가 되는 것, 목하 그날만을 꿈꾸고 있다.

문제는 완벽한 그레이 헤어가 될 때까지의 그 애매한 시간을 어떻게 버틸 것인가 하는 부분. 검은색과 흰색 머리칼이 어중간하게 섞여 있는 동안에는 확실히 예뻐 보이기 어려울 테니 말이다. 그래서 나는 흔히 말하는 염색 대신 컬러 트리트먼트[2]로 종종 색깔을 달리한다. 흰머리 염색처럼 확실한 색으로 물드는 것은 아니지만, 이런 원만한 컬러 변화로 차츰 머리칼 색이 밝아지는 것처럼 연출했던 과정이 꽤 자연스러웠다.

나이 오십이 넘으면 얼굴보다 헤어 쪽으로 더 신경이 간다. 매년 머리칼의 소중함이 절실해져서 칠십 대가 되면 여자의 인상은 거의 헤어스타일에 달렸다 해도 과언이 아니다. 그때에는 최후의 선택, 다시 말해 조금은 눈에 띄어도 좋을 헤어스타일을 하고 싶다.

그런 의미로 보면 그레이 헤어는 지나치게 화려할지도 모른다. 하지만 동시에 충분히 고상하고 지적으로 보여서 그렇게 되는 날을 상상하면 가슴이 두근거린다. 소싯적 '어른이 되면 화장이 가능해. 하이힐도 신을 수 있지'라며 기대에 있던 싯셔님. 마써 말하사면 나이를 먹는 것도 더는 무섭지 않다. 그레이 헤어가 여자들의 미래를 바꾼 것이다.

세월이 쌓이면서 '이제 거리의 누구도 나를 바라보지 않는구나' 하며 서글퍼할 사람이 있다면, 그에게 이렇게 말해주고 싶다. 나이를 먹어도 그레이 헤어로 완벽한 맵시를 낼수 있다면, 당신은 거리에서 맨 먼저 눈길을 끄는 멋스러운 존재가 될 거라고. 그런 미래가 당신을 기다리고 있다면 믿을 수 있겠는가?

PART 1

GREY HAIR CHARMING

머리칼을 물들이지 않기로 한 사람들
그녀들의 그레이 헤어 스토리

그레이 헤어를 선택한 이유는 모두 제각각,
염색을 그만둔 연령도 다 다르다.
열 명이 있다면 열 가지의 이야기가 있는 셈이다.
그레이 헤어를 택하고 일어난 다양한 변화(자신에게 어울리는 색깔,
잘 어울리는 헤어스타일, 주변 사람들의 반응 등)에 적응하는 방법도
각자만의 개성이 묻어난다. 지금부터 그녀들이 손수 지어갔던 진짜
그 자신들의 이야기에 귀 기울여보자.

가짜 색으로 감추기엔 너무 아깝다!
진짜 나의 색이 나를 더 자유롭게 하니까

유키 안나 *age: 63*

자신만의 시간을 가질 만큼 마음에 여유가 생기자 인생을
더 즐기고 싶었다. 그래서 느지막이 다시 일을 시작했다.
자기다운 게 가장 편하다는 생각에
흰머리도 주름도 감추지 않고, 있는 그대로 보여줬다.
예순을 넘긴 지금이라서 가능한,
그녀만의 삶의 방식을 들여다본다.

1959년 스웨덴에서 태어났다. 1971년부터 일본에 정착, CM이나
패션지 모델로 활동했다. 배우 이와키 고이치와 결혼해 첫아이를 출산한 뒤 한동안
전업주부로 지냈다. 60세를 기점으로 다시 사회활동에 뛰어들었고,
현재는 일러스트레이터로도 활약하며 독창적인 세계관을 선보이고 있다.
첫 에세이 《자기를 돌보는 생활》(주부생활사)이 좋은 평을 받았다.

나이에 맞는 옷이 가장 편안한 법
흰머리를 받아들이면 새로운 나와 만날 수 있다

그레이의 아름다운 그러데이션과 고상한 업스타일이 트레이드마크인 유키 안나 씨. 그레이 헤어와의 인연은 벌써 10년 이상이 됐다. 더 젊었을 때는 감추고 싶은 마음도 있었다며 예전 일을 회고한다.

"삼십 대 중반쯤부터 흰머리가 눈에 띄더라고요. 처음에는 아직 이르다는 생각에 종종 염색을 했어요. 하지만 원래 머리칼 색이 올리브그린에 가까웠던 탓에 레드와인 컬러로 염색한 내 모습이 굉장히 어색하더라고요. 차츰 가짜 색에 이질감을 느꼈어요."

본연의 머리칼 색에는 마음에 드는 옷이나 내추럴 메이크업이 어울리지 않았고, 헤어 컬러에 균형을 맞추자니 자신의 개성이 사라지는 것 같았다고.

"거울에 비친 저를 보면서도 '이건 누구지?' 하며 놀라곤 했어요. 본래의 나를 감추는 건 여러모로 스트레스더군요. 이것저것 참을 수 없는 게 많아지다가 결국 사십 대 후반쯤 더는 안 되겠다 싶어 염색을 그만두기로 했죠."

동시에 롱 헤어도 쇼트 스타일로 바꿨다. 약 1년간은 헤어매니큐어를 자주 해주면서 전체가 흰머리가 될 때까지 견디는 나날이었다.

"그렇다고 해도 집에 있는 것을 기본적으로 좋아하기 때문에 그렇게 신경 쓰이진 않았어요. 모양새가 예쁘진 않았어도 그것도 나 자신의 일부라고 받아들이며 그 순간을 넘겼죠."

염색을 그만둔 것 자체로 기분이 한결 가벼워지며 해방감을 느꼈다는 그녀는 다시 흰머리를 길게 기르고 좋아하는 색상의 반팔 셔츠를 입게 됐다. 메이크업도 원래 스타일로. 그제야 진짜 자신을 되찾은 것처럼 기뻐서 그레이 헤어에 더 애정을 품게 됐단다.

"실제 그레이가 되어보면 여러 가지를 발견할 수 있어서 그게 나름 재미있어요. 한 예로 이전이라면 피했을 선명한 핑크가 어울리게 된다거나. 지금은 그린, 옐로 같은 색상까지 선택 범위가 넓어졌어요. 또 흰머리 자체가 악센트가 된 만큼 심플한 스타일도 자연스럽게 어울려요. 흰머리가

그레이 헤어는 나의 일부
부지런한 케어로 윤기 있게

잠들기 전에 반신욕으로 몸을 풀어준 뒤
침대에 들어가기 앞서 머리를 말린다.
그러고는 솔로 정성스레 머리를 빗는다.
"모발 상태에 맞춰서 오일이나 크림을
바르고 두피를 마사지해요. 정성스런
케어가 그레이 헤어를 윤기 있고 아름답게
유지하는 비결이거든요."

촬영용 반사판 역할을 해주는 것도 기쁜 일이죠. 그레이 머릿결의 윤기가 피부색을 밝게 보이게 해줘서 수름이 눈에 띄지 않거든요."

안나 씨의 미소는 그레이 헤어를 받아들이는 게 체념이 아니라 새로운 '나'를 만나는 과정이었음을 보여준다.

계절의 변화에 나를 이입해보면
사람도 자연의 일부임을 실감한다.
한 발짝 더 다가서면 건강하고 활기찬 삶이 펼쳐진다.

나이가 들수록 우리 몸은 '무리'가 통하지 않는다. 모발이나 피부도 마찬가지. 과부하가 걸리면 그만큼 회복 시간이 필요하다. 안나 씨 역시 매일의 삶 속에서 '건강도 미용도 조금씩 차곡차곡 쌓는 것이 중요하다'는 사실을 새삼 발견하곤 한다.

"입으로 들어가는 것, 몸에 걸치는 것은 가능하면 내추럴하게 하려고 해요. 몸이 원하는 걸 고분고분 받아들이면서 내면을 위로하고 싶어요."

가령 제철 재료로 그때그때 몸에 필요한 영양분을 챙기고, 기후에 맞춰 보디케어의 방법을 달리한다. 일출과 함께 눈을 떠서 햇빛을 받으며 움직이고, 일몰과 함께 잘 준비를 하는 일상. 이런 식으로 자연과 하나 되어 생활 리듬을 짜면 심신이 건강해지고, 더불어 평온한 일상을 보낼 수

정원은 부부가 좋아하는
치유의 장소. 그저 바라만
봐도 좋지만, 무념무상으로
제초나 잔디밭 손질 등
정원 일을 하면 어느새
기분 전환이 된다.

식사는 채소가 중심. 비타민이 풍부하고
피부에도 좋은 비트를 수확하는 날이면,
비네거에 절여 피클로 만들기도 하고, 인기
메뉴인 촙 샐러드를 준비하기도 한다.

• Grey 1

도 있다고 한다.

"미코 효과를 얻을 수 있는 선 아니라서 매일 꾸준히 반복하는 게 중요해요. 그렇다고 필요 이상의 룰을 만들고 싶지는 않고 참을 필요도 없어요. 자기와 어울리지 않는다고 느끼면 그만둬도 좋아요. 바쁠 때는 쉬어도 좋고요. 가끔은 자신을 풀어주는 것도 중요해요. 몸의 소리에 귀를 기울이면 작은 변화에도 민감해지고, '아, 이 정도는 내게 맞는구나' 하는 순간도 늘어간답니다."

좋아하는 정원을 바라보는 일, 잡초를 손질하며 자연을 느끼는 일, 사랑스런 시선으로 흘러가는 계절을 보고 거기에 자신을 겹쳐보는 일 등은 안나 씨가 언제까지나 소중히 하고 싶은 순간들이다.

자신만의 시간이 늘면서 정성스럽게 요리하는 걸 즐기게 됐다고.
"여행지에서 먹었던 맛을 재현해보거나 오리지널 레시피를 떠올려보거나 해요.
요리는 세라피처럼 치유를 해주거든요."

이제부터는 내가 주인공.
지금껏 뒷전이던 나 자신을 소중하게 대하고 싶다.

꽃집에서 사온 계절 꽃으로 꽃꽂이를 하거나 정원의 식물을 바라보며 상념에 젖거나.
가장 큰 휴식이 되는 순간은 집에서 보내는 혼자만의 시간.

그림 그리는 것을 매우 좋아하는 안나 씨. 큰 캔버스 앞에 서면 머리에
떠오르는 이미지를 자유로운 스타일로 단숨에 그린다. 그린 작품을
방에 장식하는 것도 잊지 않는다. 계절 인사나 답례 편지에 곁들이는
일러스트도 대중에게 호평을 받았다.

가족이 있기 때문에 지금의 내가 있는 것
응원 속에서 자유롭게 나아가다

자기답다는 것은 현재의 자신을 제대로 받아들이고 있다는 의미. 흰머리는 물론이고, 나이를 먹으면서 자연스레 생기는 주름이나 그에 따른 변화를 오히려 매력이라고 생각할 수 있다면 인생은 훨씬 즐거워진다. 이것을 무리하지 않는 선에서 자연스레 실천하고 있는 게 안나 씨다.

"이 나이가 되면 자신의 취향이나 스타일을 확실히 알게 되죠. 그래서 누구나 인생을 자유롭게 즐길 능력을 갖출 수 있게 돼요. 그러니 지금이야말로 원하는 모습의 내가 될 수 있는 기회! 굳이 사양할 필요는 없지 않을까요?"라며 웃는다.

안나 씨가 이렇게 긍정적인 것은 항상 자신을 이해해주는 가족이 있기 때문. 좋은 일도 나쁜 일도 함께해온, 없어서는 안 될 존재다. 안나 씨는 스웨덴 스톡홀름에서 일본인 아빠와 스웨덴인 엄마 사이에서 태어났다. 열다섯 살에 가족 모두 일본으로 이주했고, 안나 씨는 모델로 데뷔했다. CM이나 잡지『anan』등에서 활약하기 시작했을 때, 이와키 고이치 씨를 만나 21세에 딸도 얻었다.

"딸아이 출산은 인생의 큰 터닝 포인트였어요. 그 무렵 아이 아빠는 거의 무명이었던 터라, 제가 더 바빴죠. 그때 가족을 위해 살아가는 어떤 존엄성 같은 것을 배웠던 것 같아요."

나이가 들면서 머리칼과 피부가
민감해지기 때문에 외출 시에는 꼭
모자를 쓴다. 봄과 여름은 몇 개의
스트로 해트[3]를 나눠 씀으로써 그
멋스러움을 만끽한다.

안나 씨가 거실 벽에 그렸다는
그림. 촬영으로 잠시 집을 비운
고이치 씨가 집에 돌아와 그림을
발견하고는 그 대담함에 허탈한
웃음만 지었다고.

하지만 원래 고지식하고 뭐든 혼자 떠안는 성격이라서 양육과 집안
일, 사회에서의 일까지 모두 세내도 하시 않으면 안 된다며 자신을 몰아
세웠고, 정신을 차려보니 심신은 이미 녹초가 되어 있었다. 갑자기 패닉
에 빠진 듯 괴로운 나날이 이어졌다.

"그런 경험이 있었기 때문에 현재의 저를 소중히 여기게 됐어요."

안나 씨가 서른이 되었을 때 고이치 씨의 일이 궤도에 오르기 시작했
다. 안나 씨는 그토록 원했던 전업주부로 돌아갔다. 주부의 일상과 육아
를 즐기면서 가족들에게 사랑을 듬뿍 쏟을 수 있는 시간이었다.

"인생은 오르막이 있으면 내리막도 있어요. 딸이 독립해서 부부 둘만
의 생활이 시작된 것도 잠시, 곧이어 양가 어머님들을 간호해야 하는 일
이 기다리고 있었죠. 장기전이었지만 잘 간병할 수 있었던 게 감사해요.
저 또한 이제는 나이 듦, 죽음 등과 마주하고 있는 때라 그런지 제 일처
럼 생각하게 되었어요."

그녀는 60세를 맞아 예능 활동을 본격적으로 다시 시작했다. 텔레비
전이나 잡지를 통해 전해진 안나 씨의 꾸밈없는 미소나 라이프 스타일
이 세대를 뛰어넘어 많은 여성들의 공감을 샀다.

"인생의 반 이상이 지나자 이제부터라도 더 나답게 살자는 생각이 들
더군요. 이제는 홀가분한 부부 둘만의 생활로 돌아왔어요. 앞으로 몇 년
을 더 살지 알 수 없기 때문에 이런저런 것들에 도전해보고 싶어요."

그림 그리는 일도 도전 목록 중 하나. 크게 그리고 싶었을 때 방 벽을
캔버스로 활용해서 고이치 씨를 놀라게 한 적도 있다.

"일도 개인의 삶도 마음이 이끄는 대로 따라가세요. 사실 저는 심하게 집을 좋아하는 편이긴 하지만, 이제부터는 문이 조금이라도 열리면 반갑게 인사하며 뛰어들어보려고요."

✳ 유키 안나의 ─────────────────
　　반짝이는 한마디

　　　　　그레이 헤어를 받아들이면
　　　　　새로운 자신이 기다리고 있다.

Grey 2

긴자 거리의 콘셉트 숍 매니저
그레이 헤어에 도전하다

나이토 사키에 *age: 49*

패션 관련 종사자가 그레이 헤어를 선택하는 경우는
드문 편이다. 하지만 나이토 씨는 헤어 컬러를 내추럴하게
되돌리기로 결심했다. 그녀가 출근하는 숍은
도쿄 긴자 추오도리에 접한, 눈에 띄는 복합 쇼핑몰 안에 있다.
그레이 헤어에 대한 주변 반응이 어땠을지 궁금하다.
지향하는 것은 쇼트 헤어가 아닌 롱 그레이 헤어.
"긴 머리가 어울린다고 생각해서요. 새하얀 머리칼이 되면
살짝 베이지 핑크 컬러를 넣어 변화를 줘볼까도 생각하고 있어요."

몇 군데의 인기 해외 브랜드 부티크에서 근무한 경험이 있다. 헤드헌팅으로 작년부터
'GINZA SIX'의 콘셉트 스토어 'SIXIEME GINZA'의 매니저로 일하고 있다.
가나자와 현 후지사와 시에서 남편과 반려묘와 함께 산다.

고객들에게 들은 말 때문에
씁쓸해질 때도 너러 있어

작년 봄, 나이토 씨는 그레에 헤어로 고객을 응대해도 괜찮을지 상사에게 물었다. 대답은 이랬다. "고우면 됐지, 뭐."

"원래 저는 흰머리가 많은 편인데, 늘 고객을 상대하는 일을 하다 보니 비교적 일찍부터 바지런히 염색을 해왔어요."

이전에는 헤어숍에서 월 1회 정도 뿌리염색을 하고, 3개월 주기로는 전체 염색을 했었다고. 하지만 롱 헤어의 흰머리가 아름다운 63세 모델, 야스미나 로시의 사진을 보고 이런 아름다움도 있구나 싶었단다. 동시에 그간 헤어숍에서 허비한 시간을 다른 곳에 써보고 싶어졌다.

이를테면 6년 전 결혼한 남편과는 휴일이 좀처럼 맞지 않는데, 어쩌다 일치하는 날이면 그만큼 시간을 알차게 쓰고 싶다고 한다. 종종 콘서트나 발레 공연 등을 보러 다니며 내면을 더 가꾸고 싶다고 생각만 해왔는데, 염색하는 시간을 줄이면 그런 것도 가능해질 것 같았다.

"상사에게 허가를 받고 남편이나 동료들에게 '이제부터 그레이 헤어를 준비할 거야'라고 선언했어요. 친한 고객들에게는 '헤어스타일이 정리가 덜 된 듯 보여도 이해해주세요' 하고 미리 귀띔해뒀고요."

그로부터 몇 개월이 지난 어느 날, 오십 대 중반의 남성 고객에게 "이봐요, 긴자 한가운데서 일하면서 뿌리염색도 안 하는 건 좀 그렇지 않

남편인 다카후미 씨는 두 살 연하. "아내에게 그레이 헤어로 바꾸겠다는 얘길
들었을 때, 처음에는 '앗, 이제 이 모습은 더 이상 못 보는 건가…' 싶어서
아쉬운 마음이 들었습니다. 하지만 실제로 그레이 헤어가 된 모습을 보니 '이건
이것대로 좋구나' 생각했어요.(웃음) 무리하는 것처럼 보이는 것보다 자신의
속도와 분위기에 맞게 나이 들어가는 사람이 더 좋거든요. 앞으로도 함께 멋지게
나이 들고 싶어요."

2017년 4월 긴자에 오픈해 주목받은 복합 쇼핑몰 '긴자 식스'.
나이토 씨는 그 안에 있는 콘셉트 숍에서 근무하고 있다.
"주요 고객층은 오십 대. 주부 고객이 많은 편이라 그런지,
대부분 제 그레이 헤어를 응원해주세요."

나?"라는 쓴소리를 들었다.

"그러자 같이 있던 그 고객의 아내와 딸이 '아빠, 무슨 소리야! 지금은 이게 트렌드야'라고 대변해줬어요. 여자 고객들은 대개 호의적이고, 응원해주는 분들도 많이 계시답니다."

친척들 중에 그레이 헤어가 많았던 탓에 '언젠가는 나도…' 하는 각오는 늘 하고 있었다고. "이왕 할 거 빨리 시작해볼까 싶어서 내친김에 염색하는 걸 그만뒀죠. 이 사진은 작년 12월에 남겨둔 기록이에요."

인생의 방향도 머리칼 색도 '자신의 선택'이 중요

염색물이 남아 있는 머리칼 끝이 지저분해서 며칠 전에
20센티미터 정도 자르고 파마로 볼륨을 살렸다. "이렇게 조금씩
그레이 헤어 부분을 늘리며 롱 스타일로 기를 생각이에요."

무슨 일이든
스스로 결정하고 책임진다

'염색하지 않겠다'는 선택을 한 나이토 씨. 생각해보면 인생은 선택의 연속이었다. 직장을 몇 번 옮긴 것도 다 본인의 결정이었다.

"누구나 알 법한 고가 브랜드에서 스카우트 제의를 받아도 저와 어울리지 않는 것 같으면 거절해왔어요. 월급이 줄어들 걸 알면서도 '해보고 싶다'는 생각이 드는 숍을 찾아 옮기곤 했죠."

지극히 사적인 얘기지만, 나이토 씨는 서른 살에 결혼해 3년 만에 이혼한 경험이 있다. 그때 '선택'의 중요함을 뼈저리게 깨달았다고.

"어떤 일이든 스스로에게 충분히 질문한 다음에 결정을 내려요. 결과적으로는 잘 풀리지 않은 것처럼 보일 수도 있지만, 결국 중요한 건 제가 선택한 길이라는 사실이에요. 여러분도 항상 후회 없는 선택을 하길 바랄게요."

삼십 대부터 흰머리가 나기 시작했지만,
염색을 한 적은 한 번도 없다. "'귀찮아서 그냥
내버려둔 게 아니라, 내 흰머리를 마음으로
받아들인 결과'라는 걸 보여주고 싶어요
그래서 의외로 헤어숍에는
부지런히 다닌답니다."

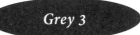

Grey 3

부자연스러운 사회 룰에 반기를 들다
우리 세대의 여성이라서 가능한 선택

나가이 미키코 age: 55

건축업이라는 남성 위주의 업계에서 지금껏 일해온
나가이 씨. 일찍부터 직장 내의 다른 여자 동료들과 함께
자신들이 일하기 편한 환경을 조성하며 여기까지 왔다.
의미 없는 고통과 인내는 불필요하다고 생각했기 때문.
그녀의 그레이 헤어는 그런 모습의 연장선일지도 모른다.

미국 소재 대학에서 4년간 디자인을 공부했다. 졸업 후 대기업 건설회사에 취업,
맨션의 방 배치나 인테리어, 외관 등의 설계 업무를 담당해왔다. 49세에 독립해
주식회사 마노아 디자인을 설립했다. 슬하에 아들 하나를 두고 있다.

삼십 대부터 흰머리가 눈에 띄게 늘었지만
언제나 내추럴 컬러로

나가이 씨가 대학 졸업 후 대기업인 건설 회사에 입사한 때는 1985년. 여자들이 자신을 희생하는 대신 앞으로 나아갈 수 있는 환경을 찾아 나서는 시대였다.

"기술자로 취업했어도 퇴근 시간이 되면 저희는 남자 직원들이 남겨 둔 찻잔이나 물컵을 정리하고 설거지를 한 뒤에야 돌아가는 게 당연한 분위기였어요. 이건 뭔가 잘못됐다는 생각이 들었죠."

창조성이 중요한 디자이너였는데도 여자들은 회사가 정해준 유니폼을 입고 일을 해야만 했다. 현장으로 배정받은 여자들은 제대로 된 탈의실이 없어서 당혹스러웠다고. 나가이 씨와 동료들은 사측과 상담하는 등 여러 노력을 통해 이런 관습적인 굴레들을 하나둘 벗겨내며 직장 환경을 바꿔나갔다. 무조건 빳빳이 고개를 들고 문제를 찾아 나서기보다 '이건 좀 상식적이지 않은데?', '부자연스럽네' 같은 감정이 느껴질 때, 그 부분을 놓치지 않으려 노력했단다.

이런 나가이 씨가 흰머리를 염색하지 않고 그레이 헤어에 도전한 것은 갑작스럽다면 갑작스러운 결정이었다.

"제게는 미래의 어떤 이미지가 있었어요. 이십 대에 이따금 잡지를 읽다가 흰머리의 멋진 여성 사진을 발견하곤 했는데, 나도 이렇게 나이

들고 싶다고 생각했어요. 그때 스크랩한 지면을 아직까지 소중히 보관하고 있답니다."

그녀는 현재 회사를 그만두고 독립해, 본인의 디자인 회사를 운영하고 있다.

"클라이언트가 생각하는 콘셉트를 수면 위로 끌어내고, 그걸 어떤 식으로 나답게 풀어갈까를 고민할 때 이 일의 보람을 느껴요. 이런저런 사물과 사고를 잘 흡수하기 위해 항상 오감을 마른 스펀지 상태로 유지하려고 애쓴답니다."

심플한 흰색이나 검은색 옷도
그레이 헤어라면
가뿐히 소화할 수 있다

예전부터 흰색, 검은색 옷을
즐겨 입었다고. "머리숱이
많은 편이에요. 머리칼이
검은색일 때는 검은색 코디가
오히려 부해 보이곤 했는데,
그레이 헤어가 된 뒤로는
검은색이 더 잘 어울리는
느낌이에요."

남편과 함께 도전한 새로운 목표
늘 꿈꾸던 여성상에 가까워지다

미야하라 마유코 *age: 55*

자신을 바꾸고 싶다고 생각했을 때, 늘 이상으로 품고 있던
그레이 헤어가 머릿속에 떠올랐다고. '언센가는…' 하고
생각만 하던 그레이 헤어였지만, 미야하라 씨에게 기회는
빨리 찾아왔다. 하지만 막상 흰머리 염색을 멈추고 보니
여러 차례 마음이 흔들렸다. 그렇게 2년이 지난 지금,
그녀는 그레이 헤어에 대해 어떤 생각을 갖고 있을까?

영상번역가. 1996년부터 프리 영상번역가로 활동했다. 430편 이상의 영화나
애니메이션, 드라마, PV 등의 자막 및 더빙 번역에 참여했다. 현재는 그레이 헤어
모델이나 강연자 등 다양한 포지션에서 활약 중. 개인 사이트(http://grayhair.style/)에
영어로 올리는 글들도 대중에게 사랑받고 있다.

마음도 겉모습도 싹 바꾸고 싶어서
그레이 헤어에 도전

"돌이켜 생각해보면 저 자신을 확 바꾸고 싶었던 것 같아요."

미야하라 마유코 씨가 그레이 헤어를 지향했던 첫 번째 이유다. 또 다른 이유는 남편의 이른 퇴직. 원래는 퇴직 후 부부가 함께 사업을 할 예정이었는데, 남편이 카메라맨이 되고 싶다고 선언했다는 것.

"놀랐죠. 하지만 계속 기업에 속해 일을 해온 그가 처음 입 밖으로 꺼낸 꿈이었기에 제가 감히 말릴 수 없었어요. 물론 불안감은 있었지만요. 어쩌면 그런 부정적인 감정을 떨치고 싶었던 건지도 몰라요."

미야하라 씨는 이전부터 해외 드라마나 영화에 등장하는 지적인 그레이 헤어 여성을 동경해왔다고 한다. '언젠가는 나도 그레이 헤어에…'라고 생각은 했지만, 생각보다 빨리, 쉰셋의 나이에 결심하게 될 줄은 상상도 못했다고. 2016년 초, SNS 계정에 공개적으로 자신의 결심을 알린 미야하라 씨. 하지만 도중에 유혹이 없었던 것은 아니다.

"친구들로부터 이유를 취조당하기도 했고, '염색은 해야지'라는 말을 듣기도 했어요. 기분 탓인지 쇼핑할 때 의상실 직원에게 손님 대접을 못 받는 느낌도 들더군요."

당시 그녀가 남긴 일기에는 '흰머리 염색을 그만둔 나. 이건 어쩌면 자폭행위일지도 모른다'라는 문장도 있었다. 호르몬의 영향으로 특별히 변덕이 심해지는 시기까지 겹쳐서 불안한 기분이 가시질 않았다. 그렇게 2년이 흐른 지금, 한 줌의 후회도 없다는 미야하라 씨.

"제 사이트를 방문해주시는 해외 남성은 흰머리의 매력(교양, 이성, 지각)을 충분히 알고 있는 듯 적극적으로 칭찬해주세요. 흰머리로 기르는 과정은 고단했지만 저의 내면으로 깊이 파고들 수 있는 좋은 시간이었어요."

2017년 봄쯤 남편이자 사진가인 나카가와 나오야 씨가 촬영한 한 장의 사진. 지극히 옅은 메이크업에, 니트와 배경까지 그레이톤으로 통일해 지적이고 고요한 그녀의 매력을 표현했다.

반년 정도 노력하면
딱 좋은 징보가 될 것 같은 확실한 예감이 들어요.

흰머리를 기르는 동안 미야하라 씨는 헤어숍을 뻔질나게 드나들었다.

"헤어디자이너에게 반년 후에는 이 정도, 1년 후에는 이 정도가 되고 싶다는 머릿속 이미지를 전달했고, 그는 기꺼이 제 페이스메이커가 되어줬어요. 저는 롱 헤어스타일로 쭉 기르고 싶었지만, 역시 한 번 쇼트 커트를 하는 편이 좋다고 하더라고요. 하지만 짧은 머리는 어떻게든 피하고 싶어서, 2016년 봄인가 여름쯤엔 항상 가던 헤어숍을 찾아가 상담도 받았답니다."

가장 힘들었던 시기는 흰머리의 범위는 점점 늘어나는데, 앞머리에 염색 부분이 남아 있을 때였다. 그때는 종종 기모노를 입어서 사람들의 시선이 머리가 아닌 기모노에 쏠리도록 신경 썼다.

간혹 마음에 드는 영상을 찾으러 들어가는 웹사이트 '핀터레스트 pinterest'에서 그레이 헤어의 멋진 외국인 여성 사진을 발견하면 꼼꼼히 기록도 남겼다. '좋아! 1년 후에는 나도 이렇게 되는 거야!'라고 적으며 스스로를 다독였다.

주변 반응이 확 바뀐 것은 앞머리 염색 부분이 전부 사라졌을 즈음이었다. 앞머리까지 전부 그레이 헤어가 된 모습을 본 사람들은 '나도 해 보고 싶다', '부분 염색인 줄 알았어', '완전 멋지다' 등의 반응을 보였다.

헤어디자이너의 힘을 빌리다
1년을 투자해 그레이 헤어로 변신

1 2016년 신년, SNS에 탈 염색을 선언. 머릿속으로만 생각하던 것을 공개해 나중에 그만둘 수 없게끔 흔들리는 마음을 다잡았다.

2 4월, 쇼트 커트! 앞머리는 짧게 잘라서 흰머리가 늘어나도 눈에 띄지 않게 했다. 고민이 될 때마다 헤어숍에 가서 조언을 구했다.

3 7월, 앞머리가 전체적으로 그레이 헤어가 되었다. 이제부터는 올림머리가 가능할 정도로 머리를 길러보려 한다. 흰색에 가까운 색상의 패션 아이템이 늘었다.

4 2016년 말, 그레이 헤어 완성! 염색을 할 때 자주 입었던 검은색 옷이나 하이넥 스타일의 옷이 전에 비해 덜 어울리는 것 같다.

그레이 헤어만이 풍길 수 있는
어른의 고상함이 있다

남편의 독립과 스스로 선택한 흰머리 기르기 과정
때문에 휘청휘청 흔들렸던 시기. 이렇게 카메라 앞에
여러 번 서는 것으로 남편의 꿈을 지지했다.
동시에 그녀는 자기 믿음을 되찾을 수 있었다고.

"그러니 버티는 건 반년이에요. 반년만 눈 딱 감고 버티면 보상받을 수 있다니까요!"

그레이 헤어가 되자 유행하는 옷을 따라서 입었더니 오히려 이질감이 느껴진다고. 그래서 그녀는 '현재의 자신과 가장 어울리는 스타일은 뭘까' 신중하게 고민한다.

"이 고민을 해결하면 제게 가장 어울리는 스타일에 다다를 수 있을 거예요."

염색 부분이 사라지고 모두 그레이 헤어가
되었다고 끝은 아니다. 어른스러우면서도
지적인 멋을 자기답게 즐기는 것,
거기서부터 다시 시작.

• 나만의 스타일 찾기

그레이 헤어가 돋보이는
미야하라 씨의 30초 올림머리

일본 전통공예, 전통문화 관련 상품 개발이나 프로모션에 힘을
쏟고 있는 미야하라 씨. 그만큼 기모노를 입을 기회도 많았고,
본인이 직접 올림머리를 하고 외출하는 일도 종종 있다.
기모노에도 슈트 차림에도 어울리면서 그레이 헤어가
더 돋보이는, 간단한 올림머리 노하우를 소개한다.

비녀 하나로 일본 전통 헤어스타일 완성

❶ 올림머리를 하려면 어깨선보
다 조금 더 내려오는 길이가 딱 적
당해요.

❷ 오일을 발라서 머리칼을 단정
히 하나로 모은 뒤 고무줄로 묶어
요. 동그란 모양을 잘 살려주세요.

❸ 동그란 링 부분을 두 갈래로
나눈 뒤 납작하게 눌러서 묶은 끝
부분이 안 보이도록 잘 가려요.

❹ 왼쪽, 오른쪽으로 벌린 두 갈래
의 머리칼이 나란히 고정되도록 비
녀를 꽂아 완성.

세 갈래로 땋은 머리를
비즈 장식이 달린 빗핀으로 고정

우선 오일을 발라 단정히 모은 머리칼을 세 갈래로 나눠 촘촘히 땋아요.
땋은 머리칼 끝을 목덜미 안쪽으로 돌돌 말아 넣은 뒤
장식이 달린 빗핀으로 꽂아 고정하기만 하면 돼요.
핀으로 꽂을 때 돌돌 만 부분이 빗살 사이사이에
잘 꽂히면 모양이 흐트러지지 않아요.

집게핀으로 화려하게

❶ 오일을 발라서 머리칼을
단정히 모은 뒤 집게핀으로 묶어요.

❷ 묶은 머리를 비틀어 꼬면서 집게
핀 양옆으로 한 바퀴 둘러 감아요.

❸ 빙 둘러 감은 머리칼을 헤어밴드
로 고정해요. 머리칼 끝이 보이지 않
도록 안으로 잘 넣어 마무리.

핑크색 꽃 장식이 달린 집게핀은
그레이 헤어와 컬러 조합이 좋아요.

무난한 컬러의 리본 모양 집게핀은
캐주얼한 재킷 스타일에도 잘 어울려요.

앞머리 부분, 특히 오른쪽에
흰머리가 많아서 가르마를
오른쪽으로 타면 그레이 비율이
높아 보인다. 사실 대까지는
왼쪽으로 가르마를 타서
흰머리가 눈에 띄지 않게 했다.

Grey 5

다시 오지 않을 지금
아름다움의 깊이를 누려야 한다

야나세 구미코 *age: 54*

앞머리 쪽의 그레이 헤어가 마치 부분 염색을 한 듯 인상적인
야나세 씨. 일부러 연출한 것처럼 세련된 분위기가 삼풀시빈,
헤어숍에서는 여전히 염색하지 않겠다는 그녀의 선택에
반기를 들고 있다고. 야나세 씨가 생각하는 '중년 여성으로
가는 길', 그다음 발걸음에 대해 들어봤다.

푸드스타일리스트·요리연구가. 1988년부터 4년간 프랑스에 머물렀다.
리츠 에스코피에 요리학교에서 디플로마를 취득한 뒤 프랑스인 가정에서
쿠키 만드는 법과 가정요리를 배웠다. 귀국 후에는 푸드스타일리스트로 활동을 시작,
광고나 잡지에 등장하는 요리를 스타일링하고 기업 메뉴 개발 업무도 담당하고 있다.
프랑스 가정식 요리와 쿠키를 가르치는 개인 쿠킹 클래스도 인기다.
《아이스크림, 젤라또, 샤베트》(스트로베리)를 비롯해 다수의 책을 펴냈다.

프랑스에서 보낸 이십 대 후반부터
흰머리가 나기 시작해

푸드스타일리스트, 요리연구가로 활약하면서 쿠키와 요리 등의 쿠킹 클래스도 진행하는 야나세 씨. 자신이 요리를 업으로 삼게 된 건 '프랑스에서의 생활 체험'이 토대가 된 덕분이라고.

도쿄의 디저트 숍, 레스토랑 등에서 몇 년간 요리 경력을 쌓은 그녀는 본고장인 프랑스에서 요리를 배우고 싶어 23세에 프랑스 유학길에 올랐다. 프랑스 투르 지방에서 반년간 어학을 배운 뒤 파리에서 요리 학교를 졸업했다. 그 후 프랑스인 가정에 들어가 살면서 요리와 쿠키를 배웠다.

당시 결혼을 전제로 교제 중이던 프랑스인 남자친구가 있었는데, 주말은 보통 그의 부모님 소유인 오를레앙 교외의 별장에서, 바캉스 철에는 코르시카 섬의 낡은 성에서 보냈다. 어느 날은 친구들을 초대해 손수 만든 요리를 대접했고, 반대로 파티에 초대받기도 했다. 가끔은 할머니와 함께 장을 보러 마르셰에 들러 제철 과일로 1년분 콩피튀르(잼)를 만들었다. 발 닿는 대로 여기저기 다니며 프랑스의 풍부한 식문화를 체험할 수 있었던 시간이었다.

"프랑스에서 살았던 4년간은 행복한 꿈을 꾸는 듯 빨리 지나갔지만, 그렇다고 고생하지 않았던 건 아니에요. 어쨌든 처음에는 프랑스어도 전혀 못했으니까요."

남자친구와의 만남도 2년 만에 종지부를 찍었다. 앞머리에 흰머리가 난 것도 그즈음이었다. 결국 상처만 가득 안고 귀국을 결정하게 된다.

"정신적으로 힘들었던 시기와 딱 겹쳤죠. 하지만 프랑스에 있을 때는 염색할 생각을 전혀 못했던 것 같아요."

바쁘다는 핑계로 헤어숍에 가지 못했던 날들
그렇게 자연스럽게 그레이 헤어로

"일본의 헤어숍에 가면 에너지이니기 흰머리를 마치 질병처럼 취급해요."

염색하는 게 당연하다는 분위기가 있어서 그녀 역시 사십 대까지는 꾸준히 염색을 했다. 그러던 중 정수리 부분까지 흰머리가 늘자 염색을 그만두기로 마음먹었다. 그때도 역시 헤어디자이너는 부정적이었다고.

"아직 이르지 않아? 그레이 헤어는 화려하게 관리하지 않으면 자칫 늙어 보여."

이 말에 흔들린 야나세 씨는 줏대 없이 몇 번인가 염색을 계속했다. 그러던 2016년 여름, 헤어숍에 갈 시간도 없을 정도로 일이 많았다. 염색한 지 2주가 지나자 뿌리 부분이 새하얗게 올라왔는데, 집에서 촬영하는 날이 많았던 터라 '뒤로 질끈 묶으면 그만'이라 여겼단다. 그사이에 흰머리

캐주얼한 묶음머리는 노 스타일링이 비결

머리칼을 하나로 모을 때는 목덜미 부분보다 조금 높은 위치에서 묶은 뒤 정수리 부분의 머리칼을 잡아당겨 볼륨을 만들면 베이직 실루엣이 완성돼요.

묶은 부분을 반 접어서 다시 한 번 헤어밴드로 묶어요. 머리칼 끝부분은 손가락으로 매만져 흩어서 보기 좋게 세워요. 아무런 스타일링 없이 매만지는 것만으로도 꽤 화려해 보여요.

의 양이 늘어서 이번에야말로 '반드시'라고 다짐하며 가을까지 헤어숍에 가지 않았다.

"중간에 보기 싫은 시기도 있었지만, 지금은 헤어디자이너도 '좋네~' 하고 인정해줘요. 일본에서는 젊음이 미덕이라서 '동안'처럼 보이려고 애쓰지만 사람에게는 나이 들수록 깊어지는 아름다움도 있다고 생각해요."

한 살 위인 프랑스인 친구는 야나세 씨의 머리를 보고 '어른이 되었네! 멋있다~'라고 칭찬해줬다고 한다.

"'부끄럽다, 지저분해 보이진 않을까?' 하는 생각에 사람들의 시선을 신경 쓰고 있으면 그렇게밖에 볼 수 없지만, '에이, 뭐 어때!'라고 태도를 바꾸면 이상하게도 오히려 멋져 보여요"라는 야나세 씨의 표정에는 이제 한 치의 망설임도 보이지 않는다.

‘범상치 않은’ 분위기를 풍기는 그레이 헤어

“눈이 건조해서 선글라스를 종종 끼는데, 그레이 헤어에
선글라스를 매치하면 묘한 박력이 묻어나요.” (웃음)

스포트라이트가 비추듯 입체적으로 빛나는
멋스러운 헤어스타일

• 나만의 스타일 찾기

실용성과 멋스러움을 갖춘
헤어스타일 제안

염색을 멈추자 흰머리가 늘면서
모발에 힘이 생겼어요.

❶ 그레이 헤어가 많은 앞머리 부
분에 볼륨을 넣어 퐁파두르⁴⁾ 스타
일로. 한 손으로 묶을 부분을 잡은
채, 다른 한 손으로 뒷부분을 꼬아
줘요.

❷ 꼬아준 머리를 적당한 크기의
집게핀으로 고정해요. 고정할 때
꼬인 부분을 정수리 쪽으로 밀어 핀
으로 꽉 눌러줘야 앞머리 부분의
볼륨이 잘 나와요.

❸ 집게핀으로 묶은 아래쪽 머리
칼과 관자놀이 양옆 머리칼을 하
나로 모아서 고무밴드로 묶어요.
그다음 묶은 고무밴드 윗부분의
머리칼을 두 갈래로 나눠서 링 모
양으로 만들어요.

❹ 링 부분 안으로 고무밴드 아랫 부분 머리칼을 바깥에서 안쪽으로 돌돌 말아 넣어요.

❺ 말아 넣은 머리 다발을 링 아래 로 내려요. 묶은 머리 다발을 한 바 퀴 돌려서 링 아래로 내리면 흔히 말하는 '구루린파'[5] 반묶음 스타일.

❻ 목덜미 부분에서 머리를 한 번 더 묶어요. 고무밴드는 적당한 헤 어 액세서리를 이용해 가려요. 실 용성도 멋스러움도 갖춘 헤어스타 일 완성.

캐주얼 스타일을 더 발랄한
느낌이 들게 하는 것이 그레이 헤어의 장점.

염색은 스톱
메이크업과 코디에 더 시간 투자를!

후카이 모모코 age: 53

쇼트 커트의 그레이 헤어가 무척 화려하다. 원래부터 독보적인
센스를 보여주는 후카이 씨. 패션 업계에서 일하는 그녀가
현재의 헤어스타일을 선택하게 된 이유는 무엇일까?
매력적인 그레이 헤어를 추구하기 위해 평소 마음 쓰고 있는 것,
궁리하고 있는 것들에 대해 들어봤다.

패션 업계의 광고 분야에서 일하고 있다. 가정에서는 한 아이의 엄마. 신뢰가 두터운
헤어디자이너가 운영하는 헤어숍에 다닌 지 벌써 25년이 넘었다.

이십 대부터 앞머리 쪽에 흰머리가 많아
계속 염색을 해왔어요.

"흰머리 염색을 그만두다니 멋지다, 고정관념에서 자신을 해방시켰구나, 그렇게 생각하죠. 저요? 글쎄요, 저는 사람들 눈에 어떻게 비칠지 모르겠네요."(웃음)

그레이 헤어 여성에 대한 본인의 생각을 말하는 후카이 씨. 밝은 미소가 인상적이다.

"이십 대부터 앞머리 쪽에 흰머리가 많아서, 당시에는 레드 헤어매니큐어를 넣어 부분 염색을 한 듯한 느낌을 줬어요. 그 와인색 컬러로 면접장에도 들어갔지만, 패션 업계였던 덕분에 희망하던 회사에 입사할 수 있었죠. 입사 후에도 헤어 컬러에 대해서는 누구도 지적하지 않았어요."

그런데 나이가 들수록 흰머리가 늘어서, 염색하면 오히려 완벽한 '빨간 머리'가 되었다고. 그래서 조금 부드러운 브라운 컬러로 염색하기 시작했다.

"실제로 염색을 그만둔 건 3년 전이에요. 쇼윈도의 마네킹이나 해외 잡지 광고에서 실버 컬러의 헤어를 몇 번 보고, '멋지다! 은색 머리칼이라니. 나도 저렇게 해보고 싶다'고 생각했어요. 일단 흰머리 염색부터 관두고 내추럴 컬러로 돌아간 뒤 다시 실버 컬러로 물들이기로 결심했죠."

헤어숍에 가서 원래 머리칼 색깔로 돌아가겠다고 말했더니, "피부 톤과 어울리지 않아서 염색하는 편이 나아"라는 대답이 돌아왔다. 그런 의견을 딱 자르고 조금씩 내추럴 컬러로 돌아가는 동안, 오히려 헤어디자이너가 꽤 잘 어울릴 것 같다며 독려해주었다고 한다.

"실버 컬러로 물들이진 않았지만, 제 본연의 헤어 컬러를 되찾고 지금 스타일을 유지하고 있어요."

후카이 씨의 엄마도 흰머리가 많은 편이었단다. 자주 봐 익숙해서 그런 건지 거울에 비친 자신의 그레이 헤어가 그다지 싫지 않다는 그녀. 앞으로 이 헤어스타일로 그레이에 어울리는 패션을 충분히 즐길 예정이다.

남편도 아이도 그레이 헤어에 대해서는 특별히 언급하지 않는다. "밖에서는 사람들이 전보다 얼굴을 더 잘 기억해주는 것 같아요."

밝고 탱탱한 피부를 위해

반년 정도 시간을 들여 자연스러운 그레이 컬러로 돌아간 후카이 씨. 그 뒤로는 '초췌한 인상'을 주지 않으려고 늘 신경 쓰고 있다.

"아들 학교 행사에 갈 때도 있어서 늘 단정한 모습을 유지하려고 해요."

흰머리의 노란 기를 잡기 위해 집에서는 보색샴푸를 사용하고, 윤기 관리는 가끔 헤어숍에 들러 트리트먼트 서비스를 받는다.

"탄력 있는 피부도 중요하다는 생각에 염색을 안 하는 대신 스킨케어에 신경 쓰는 편이에요. 화장품도 좋은 걸 사용하고 있고요."

메이크업 중 가장 많이 바뀐 것은 립스틱 컬러. 베이지 톤은 인상이 흐릿해 보이기 때문에 사용하지 않고, 대신 레드 컬러를 다양하게 활용해 이미지에 변화를 주고 있다.

"옷도 이전과는 다른 색이 어울리더라고요. 그레이에 그레이는 역시 무리이려나 싶었는데, 언젠가 밝은 계열의 그레이 색상 스카프를 했더니 주변에서 칭찬해줬어요. 어떤 색이든 색조에 따라 느낌이 다르니 찾다 보면 분명 어울리는 제품을 만날 수 있을 거예요."

후카이 씨는 현재 머리를 기르는 중이다. 충분히 기르면 전체적인 컬이 돋보이는 스파이럴 파마를 할 생각이다.

예쁜 엄마로 남고 싶어서 머리칼도 피부도 윤기 있게

지금은 머리를 기르고 있다.
헤어왁스로 가볍게 스타일링.
"네일 컬러는 보통 베이지
톤이지만, 립스틱 컬러와 맞춰서
가끔은 강렬한 레드에 도전해요."

그레이 헤어로 기르는 중에는 진한
그레이 컬러로 헤어매니큐어를 하며
버텼다. "반년 조금 지나니, 지금처럼
자연스러운 색이 되었어요."

오른쪽은 이른바 보색샴푸[6]. 왼쪽은 머리를 감고
수건으로 말린 뒤 사용하는 헤어로션. "둘 다 머리칼의
노란 기를 잡아주는 제품이라서 자주 사용해요."

제법 화려한 플라워 프린트도
그레이 헤어라면 잘 어울려요.
여행지처럼 낯선 장소에서는
이런 식의 색다른 연출을 즐기곤 해요.

바라는 것은
안티에이징이 아닌 '굿 에이징'

야마모토 나오코 *age: 56*

육아에 지쳐 나 자신은 꾸미지도 못한 채 일상을 살다가,
어느 날 문득 정신을 차리고 보니 쉰 살이 코앞이었다.
그래서 그레이 헤어로 머리를 길러, 이 순간 자신만이
누릴 수 있는 멋을 충분히 즐겨보자고 마음먹었다는
야마모토 씨. 그녀만의 독창적인 스타일은 자극적이면서도
더할 나위 없이 매력적이다.

아이치 현에 살고 있는 주부. 대학에서는 미술을 전공했다. 외동딸이 취업해
독립하면서 남편과 둘만의 생활이 시작됐다. 수입 비즈 장식이나 단추 등을 파는
부자재 숍 구경을 좋아하고, 손수 액세서리를 만드는 게 취미다.

마음속 외침을 듣다
"내 인생, 이렇게 끝낼 수 없어!"

화려한 플라워 프린트 재킷을 걸친 야마모토 씨. "제 스타일에도 정체기는 있었어요"라는 그녀의 말이 믿기지 않을 정도로 탁월한 패션 센스를 자랑한다.

"삼십 대부터 사십 대까지는 몸매도 전혀 신경 안 쓰고, 그저 육아에 쫓겨 머리는 질끈 묶고 화장도 안 하고 살았죠. 제 외모는 아무렇게나 방치해둔 채로요."

어느 날 정신을 차려보니 쉰 살이 코앞이었다. 이대로 자신의 인생은 끝나는 건가 생각하니 너무 속상해 받아들이고 싶지 않았다고. 뭐든 해봐야겠다고 생각해서 헤어스타일에 변화를 주었다.

현재 야마모토 씨의 머리칼에는 흰머리가 부분 부분 섞여 있다. 오래전 멋을 위해 염색을 할 때처럼 어색한 느낌이 없어서 다른 컬러로 바꿔볼 생각은 딱히 들지 않는다고.

"저는 흰머리가 모발 안쪽보다 겉에 더 많은 편이에요. 처음에는 이걸 그대로 길러서 부분 염색한 느낌을 살려 진취적인 보브 스타일을 완성했죠."

취미로 시작한 훌라 댄스를 위해 그때부터 지금까지 꾸준히 머리를 길렀다는 그녀. 지금은 야카이마키[7] 헤어스타일을 고수하고 있다.

"야카이마키처럼 머릿결의 흐름이 도드라지는 헤어스타일을 즐길 수 있는 건 그레이 헤어만의 특권이에요. 게다가 이런 스타일은 어떤 옷을 코디해도 멋스러워 보이죠. 패션 감각의 등급을 한 단계 높일 수 있답니다."

나이를 먹는 게 꼭 나쁘지만은 않아
오히려 기뻐해야 할 일, 충분히 즐기면 그만

야카이마키는 어떤 옷을 입어도
패션 스타일의 격을 한층 더 높여주는
효과가 있다. 패스트패션[8] 브랜드의
니트만 걸쳐도 스타일리시한
분위기 연출이 가능하다.
"귀고리는 프랑스의 빈티지 단추로
제가 직접 가공해 만들었어요."

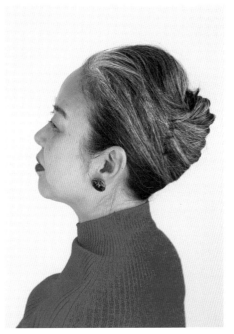

귀고리, 목걸이 등은 손수 만든 액세서리. 가끔 갤러리를 빌려 작품전을 열 정도로 센스와 솜씨가 훌륭하다. 가방도 마음에 드는 천을 구해 직접 자수를 놓았다. "액세서리나 가방은 코디를 완성시키는 결정적 요소라서 스스로도 납득할 만한 제품을 만들려고 노력해요."

그레이 헤어가 되고 비비드 컬러를 즐겨 찾게 됐다. 선명한 원색 그린 코트는 초봄에 자주 꺼내 입게 되는 아이템. "옷은 주로 셀렉트 숍에서 구입해요. 레드 코트는 운 좋게 고급 원단을 구하게 되어, 전문 테일러에게 봉제를 부탁했답니다."

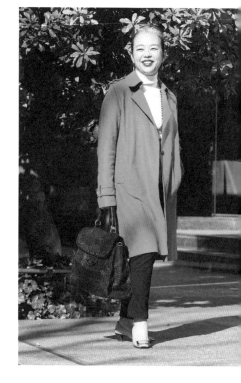

입을 옷을 정했다면 가슴을 쫙 펴고
'나 어때?' 하고 묻듯 당당한 표정으로

야마모토 씨는 그레이 헤어가 되고부터 레드나 그린 컬러의 옷을 자주 입으며 그야말로 '색깔 여행의 즐거움'을 찾아가고 있다. 직접 만든 액세서리나 가방으로 개성을 연출하기도 한다.

"아무래도 손수 만든 물건은 막상 착용해보면 눈에 띌 만큼 멋스럽지는 않아요. 하지만 그렇기에 더 엄격한 시선으로 제 패션을 점검해요. 거기에 마지막 한 가지 더, 코디의 완성은 자세! 가슴을 쫙 펴고 '나 오늘 어때?' 하고 묻는 듯한 당당한 표정이 필요한 것 같아요."(웃음)

나이를 먹는다는 건 절대 나쁜 일이 아니고, 오히려 기뻐해야 할 일이다. 충분히 즐길 수만 있다면 매 순간이 멋진 날들이란다.

"마음속으로 안티에이징이 아닌 '굿 에이징'으로 살아가고 싶다고 늘 바라고 있어요."

• 나만의 스타일 찾기

야카이마키 선용 핀이 있다면
누구나 쉽게 올림머리를 할 수 있어요!

딱 봐도 어려울 것만 같아 보이는 야카이마키.
하지만 전용 핀이 있다면 누구라도 쉽게 해볼 수 있다.
"핀은 인터넷으로 구입했어요. 아무리 손재주가 없어도
이 핀만 있으면 눈 깜짝할 새에 완성이에요."

❶ 야마모토 씨는 스트레이트 헤어. 하지만 야카이마키에 길들면 이렇게 웨이브 머리칼이 돼요

❷ 전체 머리칼을 단정히 뒤로 해 빗질해요. 그리고 목덜미 부분에서 하나로 모아요.

❸ 하나로 모은 부분의 뿌리 부분을 한 손으로 꽉 쥐고 풀리지 않게 누른 채 다른 한 손으로 머리칼을 위쪽 방향으로 비틀어 꼬아줘요.

❹ 양손을 사용해 머리칼을 꼬아 올려요. 잔머리가 삐죽 빠져나오지 않도록 주의해요.

❺ 양쪽 사이드의 머리칼을 돌돌 말아 넣듯이 세게 당겨가며 머리를 꼬아 올려요.

❻ 머리칼이 빠져나오지 않고 하나로 잘 말렸는지 확인. 손가락 끝을 말아 들어간 부분 안에 집어넣어요.

❼ 말아 올린 부분이 망가지지 않도록 한 손으로 누른 채 전용 핀을 왼쪽 귀 위편에 찔러 넣어요.

❽ 꽂은 핀으로 빗질하듯이 빗으며 말아 들어간 쪽으로 옮겨요.

❾ 빗질하듯 이동한 핀을 옆으로 뉘어 그대로 말아 넣은 부분에 찔러 넣어 고정해요.

"몇 번 하다 보면 금세 익숙해져요.
지금은 걸으면서도 쉽게
머리를 올릴 수 있답니다."

흰머리 염색을 그만둔 지 9개월째. 굵은 웨이브가 그레이 헤어와
아직 남아 있는 염색 톤을 잘 어울리게 해준다. 2017년 7월
'데쓰코노헤야' 프로그램에도 이 모습으로 출연했다.

검은색, 흰색 투톤이지만
언제나 어깨를 펴고 당당하게

하기오 미도리 *age: 64*

2017년 여름, 인기 있는 TV 토크쇼에 흰머리가 자라나는 채로
출연한 여배우가 있다. 짙은 반향을 불러일으켰음에도
정작 본인은 그다지 신경 쓰지 않았다. 여배우라는 직업을
갖고 있지만, 미래를 위해 오히려 그레이 헤어가 나쁠 게
없다고 판단해 내린 결정이었기 때문이라고. 그녀가
흰머리 염색을 그만두고서 각각 9개월, 11개월이 흘렀을 때
만남을 가졌다. 여배우 하기오 미도리 씨 이야기다.

지바대학 이학부 생물학과를 졸업했다. 1974년, TBS TV 소설 드라마 주연으로 데뷔.
드라마나 무대, 영화에 다수 출연했으며, 이외에도 환경 문제나 리사이클, 건강, 올바른
식생활에 관한 강연, 심포지엄 등의 자리에 등장해 해설자로 폭넓게 활약 중이다.

검은색, 흰색 투톤이 되어버린 모발 색
머리 실이가 이깻등을 디고 개러어도 담담하게

흔히 중년에 접어든 여배우는 두 가지 타입으로 나뉜다고 한다. 나이 듦에 저항하는 사람과 받아들이는 사람. 하기오 미도리 씨는 극히 자연스럽게 나이를 받아들이는 쪽을 택했다.

"저는 타인에게 무슨 말을 들어도 크게 신경 쓰지 않아요. 열 살이나 더 나이 들어 보인다면 나름 쇼크일지도 모르지만, 나이에 걸맞아 보인다면 그만큼 자연스럽다는 것이겠죠. 뭐 한두 살 더 위로 본다고 해도 문제될 건 없어요."

배우는 역할을 맡으면 실제 나이를 기준으로 위아래 열 살 정도는 커버해야 한다. 배역에 따라서는 흰머리가 요구되는 경우도 늘고 있다고.

"사실 흰머리의 경우는 포토샵 프로그램만 있으면 아주 간단히 검게 보정할 수 있어요. 하지만 인공적으로 만든 흰머리는 자세히 들여다보면 확실히 어색함이 느껴져요. 그렇다면 차라리 실제 흰머리를 소중히 관리해서 화면에 등장하는 편이 좋다고 생각했어요. 염색을 그만둔 계기 중 하나가 그거였죠."

흰머리로 기르기 시작하면서 바뀐 게 있다면 파마의 방식. 전에는 머리끝만 살짝 말았는데, 이제는 더 위쪽까지 구불구불 컬을 넣어 파마를 한다.

"흰머리는 어딘가 고독해 보이거든요. 머리칼 전체에 컬을 넣어주면 화려해 보이기도 하고, 시간을 들여 관리하는 느낌도 들잖아요?"

또 다른 한 가지, 남들보다 갑절로 신경 쓰는 게 있다면 아름다움이 전해지는 자세이다. 기르다 만 흰머리가 신경 쓰이는 건 어쩔 수 없지만, 그로 인해 시선이 아래로 향하게 되면 자세가 나빠진다.

"흰머리를 늘어뜨리려거든 그와 동시에 어깻등을 펴려는 노력도 해야 해요. 이걸 게을리 하는 순간 더 나이 들어 보일 것 같거든요."

외출할 때는 '나는 나, 이대로도 충분해!'라는 마음가짐이 중요하다는 하기오 씨. 당당하게 가슴을 쫙 펴고 걸으면 기분도 자연스럽게 업이 되는 느낌이 든다.

흰머리는 분명 노화 현상이지만
다양한 컬러가 어울리는 즐거움도 느낄 수 있어

"나이 드는 건 슬프고 짠하고 쓸쓸해요. 하지만 모든 사람들에게 공평하게 찾아오는 것이니 받아들이는 게 마음 편하지 않겠어요?"

이렇게 말하며 미소를 짓는 하기오 씨. 그 기저에는 자신을 부정하고 싶지 않은 마음이 있다.

"한 살, 한 살 나이를 먹을수록 얼굴도 마음도 똑같이 주름져요. 그런데

• 나만의 스타일 찾기

그레이 헤어를 멋스럽게 보이게 하는 나만의 스타일

❶ 먼저 머리칼을 위아래로 나누어 가르마를 타줘요. 아래쪽 머리를 낮은 위치에서 묶고, 빙 돌려 모은 뒤 'U'자 형 핀으로 고정해요. 오일이나 젤을 바르면 고정해두기 쉬워요.

❷ 고정해둔 아래쪽 머리를 감추듯이 위쪽 머리로 덮어요. 이때 오일을 미리 발라두면 머리칼이 날리지 않아요. 덮은 머리칼 끝을 'U'자 형 핀으로 고정해요. 핀을 머리카락 가운데로 꽂아 보이지 않게 마무리해 완성.

❸ 손가락 한 마디 폭으로 남겨둔 앞머리가 인상적인 올림머리 스타일. 염색한 부분과 그레이 헤어가 절묘하게 어우러지는, 딱 이 시기에만 나올 수 있는 화려한 멋이랍니다.

도 겉모습만큼은 젊어 보였으면 하는 건 어쩐지 이상하잖아요? 주름도 흰머리도 다 받아들이고 가장 나다운 모습으로 살아가고 싶어요."

하기오 씨의 의견에 딸이나 주변 동성 친구들 중 누구도 반대하지 않는다. 다만 아들과 그 밖의 남성들은 흰머리는 아직 이르다는 반응이라고. 그럼에도 그녀는 현재의 머리 길이를 유지하면서 그레이 헤어로 가려고 한다.

"흰머리가 되면 새로운 즐거움도 생긴답니다. 예를 들면 파스텔 톤이 어울리게 되죠. 벌써부터 엷은 색상의 코디를 기대하고 있어요."

이대로 격식 있는 자리에 가도 될 것 같은 연회 스타일의 올림머리. 밝은 톤의 그레이가 섞여 있어서 캐주얼한 복장도 잘 어울린다. 청록색 구슬 목걸이와의 어울림도 굿.

누구에게나
노화 현상은 찾아온다.
맞서 싸우기보다
받아들이는 쪽이
더 편하지 않을까?

흰머리가 신경 쓰이는 날은 모자를 아군으로!

흰머리를 감추고 싶은 날에는 실내에서도 쓰기 편한 베레모를 착용.
"중년 여성에게는 정수리 부분에 매듭 장식이 없는 심플한 모자를
추천해요. 비스듬하게 쓰는 게 맵시를 살리는 비결이랍니다."

가끔은 귀엽고 장난스러운 스타일로

밝은 컬러의 머리칼은 눈에 띄는 화려한 색도 잘 소화한다. 묶은 머리 위쪽이
봉긋 올라오도록 스타일링하면 우아한 인상도 줄 수 있다.
두터운 뿔테 안경은 시원시원한 인상에 한 번 더 포인트를 주기 위한 것이다.

 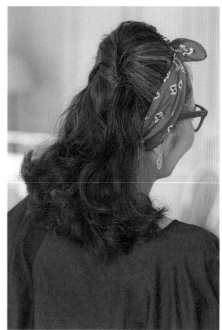

염색했던 부분은 조금씩 색이 빠지면서 밝은
컬러가 되고, 굵은 웨이브와 어우러지며
입체감이 살아난다. 큼직한 클립 온 귀고리로
화사한 느낌을 더했다.

100엔 숍에서 파는 작은 크기의 헤어클립을
활용해 변화 주기. 머리칼을 적당히 몇 가닥으로
나눠 부분별로 돌돌 꼬아서 고정하기만 하면
된다. 앞머리 부분을 가볍게 퐁파두르 스타일로
마무리하면 한결 젊어 보인다. 모발 색과
어울리는 컬러의 옷을 코디하면 단아한
여인 스타일 완성.

투톤이 되어버린 흰머리가 아니라
그러데이션이 매력적인 흰머리
지금 이 순간만 누릴 수 있는 행복이다

옆의 사진보다 그레이 헤어 부분이 약
5센티미터 정도 더 길었다. 직업상 쇼트 커트
스타일은 도전하기 어렵지만, 머리끝을 조금
다듬어 그레이 헤어의 비율을 높였다.

그로부터 4개월 뒤,
그레이 헤어 부분이 꽤 늘었다

첫 촬영을 마치고 4개월 뒤, 다시 한 번 하기오 씨를 만났다.
지난번에 촬영한 사진을 보고 가족들 사이에 약간의
소란이 있었다고. 흰머리 비율이 훨씬 늘어난 지금,
그레이 헤어의 멋스러움을 새삼 느꼈단다.

믹스 모발 색이 개성있고 사랑스럽다

"지난번 촬영한 사진을 보고 아들이 엄청 요란하게 칭찬해주더라고요! '우와, 멋진 사진이네!'라면서."

하기오 씨는 이렇게 말하며 장난기 가득한 표정으로 웃었다. 흰머리가 되기엔 아직 이른 거 아니냐고 되묻던 아들의 의외의 반응에 무척 기뻤던 모양이다.

하기오 씨 역시 지금의 흰머리를 꽤 즐기는 듯하다. "새하얀 머리칼, 검은 머리칼, 이제는 엷은 갈색이 된 염색했던 부분의 머리칼이 적절히 어우러진 상태가 재미있어요. 최근 전철 안에서도 사람들의 머리칼 색을 관찰하는 게 버릇이 되어버렸다니까요"라며 해맑게 웃는다.

하기오 씨는 흰색과 다른 짙은 색의 머리칼이 겹쳐서 띠처럼 보이는 믹스 상태가 가장 보기에 좋다고 한다. 물결처럼 흘러내리는 모발의 흐름이 아름다워 보이기 때문이라고.

"전체적으로 검게 염색한 사람을 보면 반대로 균형이 안 맞는 느낌이 들어요."

그래서인지 꼭 그레이가 아니더라도 인상적인 머리칼 색을 가진 사람을 보면 어느새 그를 찬찬히 바라보게 된다고 한다.

"모발 색이 그레이가 되면 전체적인 분위기가 부드러워져요. 만약 새까만 머리칼이면 강렬한 옷이나 화사한 메이크업을 하기 어렵죠. 색상을 누

염색 컬러가 남은 부분을 다듬어
그레이 헤어 비율을 업!

어깨선 길이는 유지한 채로 염색 컬러가 남은 부분을 5센티미터 정도 다듬었다.
인공적인 색이 줄어든 것만으로 머릿결이 부드럽고 내추럴한 분위기를 낸다.

그러뜨려 부드러움을 살려야 하거든요. 이렇게 패션을 분석하는 게 재미있어서 자꾸 관찰하게 돼요."

이번에 머리칼 끝을 약 5센티미터 자른 하기오 씨. 염색한 부분이 줄어서 목 라인까지는 거의 본래 가지고 있던 모발 색이 되었다. 전체가 그레이가 되었을 때 어떤 이미지일지도 더 분명하게 보인다.

"전부 그레이가 되려면 아직도 시간이 꽤 걸리겠지만, 이렇게 조금 다듬은 것만으로도 느낌이 좋아요. 빨리 길었으면 하고 기대하는 마음이 더 커졌답니다."

그레이 부분이 늘어나면서 변한 게 있다면, 우선 옷 색상을 선택하는 기준. 이삼십 대 때는 자주 입었지만 최근 들어 거의 입을 일이 없었던 파스텔 톤의 옷도 자주 등장하게 됐다고. 지난번 촬영 때 산뜻하고 선명한 색이 생각보다 잘 어울린다는 사실에 스스로도 꽤 놀랐다고 한다.

"비비드 컬러나 핑크색 니트라니, 저와는 상관이 없다고 생각하고 살았어요. 하지만 지금은 인상이 튀지도 않으면서 오히려 잘 어울리더라고요. 역시 머리칼 색이 부드러워졌기 때문이겠죠?"

사실 하기오 씨에게는 지금도 잊히지 않는 그레이 헤어의 한 여성이 있다고 한다. 삼십 대 때, 전철 안에서 우연히 본 여성. 그녀는 짙은 남색 정장 차림이었다. 모발은 완전 새하얀 백금색으로 연령을 알 수 없었지만, 그저 멋지다는 말밖에 안 나왔다고. 어깻등까지 새하얀 머리칼을 길게 늘어뜨린 채 서 있는 모습에 눈을 뗄 수 없었단다.

"그 인상이나 느낌이 아직도 선명해요. 흰머리를 기르기 시작했을 때 다시 그 사람의 모습이 떠올랐어요. 누군가 저를 보고 '어쩐지 근사하다. 나도 저런 분위기 있는 사람이 되고 싶다' 하고 생각한다면 정말 기쁠 것 같아요."

모발을 단정히 모아 올리니 큼직한 귀고리나 푸크시아 핑크의 립스틱 컬러가 돋보여 인상적이다. 검은 모발과 흰 모발의 조화로운 컬러는 올림머리에 생기를 불어넣는다.

고전적인 C컬 파마(바깥 방향)가 무거워 보이지 않는 이유는 산뜻한 모발 색 덕분. 비비드한 핑크 니트도 지나치게 화려하지 않고 성숙한 분위기를 자아낸다.

팬톤 컬러, 비비드 컬러가 이렇게 잘 어울리다니

플리츠 스커트에 매치한 하늘거리는 풀오버 셔츠의 허리 라인을 스모키 핑크 컬러의
라이더 재킷으로 가볍게 잡아줬다. 봄볕이 닿은 그레이 헤어와 파스텔 톤이 조화롭다.

그레이 헤어는 실제 나이보다 더 들어 보이는 단점이 있다. 하지만 단순히 젊어 보일 뿐, 누군가의 눈에 시답잖은 아줌마로 비친다면 그건 더 참을 수 없을 것 같다는 하기오 씨.

"그레이 헤어인 저를 일흔 살 정도로 보는 사람도 있을 수 있어요. 하지만 '일흔치고는 꽤 괜찮다'고 생각해준다면 그게 더 낫지 않을까요? 중요한 건 '꽤'라는 부분이지, 숫자에 불과한 나이는 아니니까요."

하기오 씨는 젊은 여자들이 자신을 보면서 '나이는 들었지만, 꽤 근사한 사람. 나도 저런 여자가 되고 싶다'고 생각한다면 기쁠 거라고 얘기한다. 누군가에게 선망의 대상일 수 있다면 실제보다 연상으로 보인다 해도 상관없다는 것.

"어깻등을 펴고 쌓인 나이만큼 자신감을 간직한 '꽤 근사한' 그레이 헤어의 여성이 늘어난다면, 이 시대도 더 건강해지지 않을까요?"

✳ 하기오 미도리의 ──────────────
　　반짝이는 한마디

　　　　　　젊어 보이기보다
　　　　　　근사한 여인으로 기억되고 싶어.

그레이 헤어가 되고부터 얻은 자유
이 모습이 '진정한 나'라고 생각해요

그레이 헤어로 돌아가고 밝은 색상의
스카프를 자주 두르게 됐다. "레드 계열의
옷은 예전부터 자주 입었어요. 헤어 컬러가
그레이가 되면 강렬한 레드 코디로도
부드러운 분위기를 낼 수 있어요."

아팠던 게 그레이 헤어가 된 계기
지금의 선택에 후회는 없어

마쓰하시 유카리 *age: 53*

마쓰하시 씨는 이십 대부터 새치 염색을 해왔지만, 병에
걸리면서 자연스레 염색을 할 수 없게 되었다. 그때 의외로
새로운 자신을 발견했다고. 자신과 고민이 비슷한 그레이
헤어 친구, 그레이 헤어 네트워크도 생겼다. 그래서인지
"앞으로도 염색할 일은 없다"라고 확신에 차서 말한다.

이십 대부터 쭉 시스템 엔지니어로 일했다. 2016년 봄에 만성동통이 발병하면서
지금은 잠시 일을 쉬고 있다. 남편과 대학생 아들까지 셋이서 살고 있다. 개인 블로그에
그레이 헤어나 의료에 관한 의견, 그날그날의 감상 등을 기록한다.

그레이 헤어를 택한다면
적어도 '60세 이후'일 거라 생각했다

"월드스타 레이디 가가가 앓고 있는 섬유근육통처럼 원인을 알 수 없는 질병인 만성동통 판정을 받고 흰머리 염색을 멈췄어요. 통증 때문에 단 5분도 같은 자세로 있을 수 없고 뒤통수에 베개가 닿기만 해도 고통스러운, 그런 병이거든요. 헤어숍에 가는 것조차 어려웠죠."

이십 대 후반부터 이마 주변으로 흰머리가 나기 시작해 처음에는 헤어 매니큐어로 관리했었다고. 그걸로는 따라잡을 수 없을 만큼 흰머리가 늘었을 때, 천연 헤나 염색을 선택했다.

"헤나 염색을 하자 머리칼이 오렌지 빛깔이 되더라고요. 당시 중학생이었던 아들이 그 머리로 학교 올 생각은 하지도 말라고 할 정도였죠.(웃음) 그다음에는 피부에 닿아도 자극이 적다는 천연 헤어컬러 크림(천연 약초나 한방 재료로 만든 염색용 크림)으로 주로 염색을 했어요."

하지만 2016년, 만성동통이 발병하면서 가족들과 상의한 뒤 염색하는 걸 그만뒀다. '그레이 헤어'라 하면 환갑이 넘어서 손주가 생길 즈음에나 도전해야겠다고 막연히 생각하고 있었는데, 생각보다 이른 결정이었다.

"지금은 예정보다 앞당겼던 게 다행이라고 생각해요. 최근 건강도 많이 좋아져서 다시 염색을 해도 나쁠 건 없지만, 솔직히 지금 이 헤어스타일이 더 마음에 들어요. 한결 자유로워진 것 같다고 할까요? '그래, 이게 진짜 나야!' 하는 마음이 들어요."

그레이 헤어 세미나에 참가하거나 개인 블로그를 통해 그레이 헤어 동지를 발견하는 등 새로운 관계도 생겼다.

"그레이 헤어든, 오랫동안 앓고 있는 질병이든 이게 다 제 인생의 일부분이라는 사실을 받아들이는 자세가 필요한 것 같아요. 몸의 통증을 빨리 없애고 싶어서 안절부절못하면 오히려 궁지에 몰리거든요. 어떤 모습이든 온전히 나를 받아들이고 직면하는 자세가 중요하지 싶어요. 다만 거울 속에 비친 초췌한 내 모습에 가슴이 철렁 내려앉는 것도 감수해야겠죠.(웃음) 갑자기 생각을 바꾸는 건 어려우니 조금씩, 천천히…."

복직을 하면 자신의 경험을 살려서 병으로 고통 받고 있는 사람들을 위해 치료 서포트 시스템을 개발하고 싶다는 그녀. 그레이 헤어로 새로운 꿈을 갖게 된 마쓰하라 씨의 이야기였다.

선글라스는 까만색 머리칼보다 지금이 더 잘 어울린다.
"제 모발은 가늘고 볼륨감이 부족해요. 만약 계속 염색을 했더라면 지금쯤 머리칼이 더 얇아졌을 거예요. 염색을 멈추자 머릿결이 조금씩 회복되는 걸 느껴요."

새로운 멋을 생각하는 즐거움. "예전에
사진을 배울 때 선생님은 '강조와 생략'이
가장 중요하다고 늘 말씀하셨어요. 패션도
똑같아요. 밀 보여주고 뭘 생략 것인시를
결정하는 게 포인트라고 생각해요."

플래티넘 헤어에 고취되어
오늘도 나를 가꾼다

고노 시즈요 *age: 67*

출판사 영업 담당자로 근무하고 있는 고노 씨는 그레이 헤어를
결심했을 당시, 주변 사람들이 더 놀랐다고 한다.
하지만 지금은 모두 그녀만의 '개성'으로 존중해준다.
스스로도 그레이 헤어 덕분에 그동안 성실히 쌓아 올린
경력이나 나이 등을 되돌아볼 수 있었다는 고노 씨.
앞으로 나아갈 힘도 그레이 헤어를 통해 얻고 있다.

야마구치 현 출신. 현재 도쿄에 위치한 건축 관계 출판사에서 영업 담당자로 일하고 있다.
독신. 현장에서도 늘 자기 고유의 패션을 선보인다.

거리에서 스치는 여성들도 주목하는 그레이 헤어

고노 씨는 가끔 거리를 걷다가 모르는 사람에게 '어떻게 하면 머리칼이 이렇게 되는 거예요?' 하는 질문을 받는다.

"질문을 받으면 '염색만 안 하면 돼요. 물들이지 말고 파마를 말면 간단해요'라고 답해줘요."

삼십 대 중반부터 흰머리 염색을 자주 해서 그런지 오히려 머릿결이 말린 나물처럼 푸석푸석했었다는 고노 씨. 어느 날 머리칼을 만지다가 엉켜서 뚝뚝 끊어지는 모발을 발견했다.

"갑자기 두려움이 엄습해서 사십 대 중반쯤 염색하는 걸 멈췄어요."

그 후 자라난 흰머리를 어떻게든 정리하지 않으면 안 되겠다 싶어서 초조해하고 있을 때, 문득 2016년 말에 해체한 스맙(SMAP)의 멤버 가토리 신고가 떠올랐다.

"그가 귀중한 힌트를 준 셈이죠."

발상을 전환하면 흰머리의 매력이 더 잘 보인다

"가토리 신고 씨는 한동안 검은색 머리칼에 흰색으로 부분 염색을 넣어 활동했었어요. 흰색과 검은색의 조화가 무척 멋지다고 느꼈죠. 그래서 제

머리칼은 반대로 흰색에 검은색 부분 염색이 들어간 스타일링이라고 생각하기로 마음먹었어요."

오히려 흰머리가 늘수록 고노 씨는 자신의 발상을 더 나은 방향으로 발전시켰다. 흰머리를 '백발'이라 부르면 그저 한 늙은이가 떠오르지만, '백금색 머릿결'로 해석하면 전혀 다른 이미지가 되고, 스타일링의 폭도 넓어진다.

"예를 들면 흑백사진 속 마릴린 먼로의 블론드 헤어는 하얀색에 가깝지만 아름답다는 이미지가 강하고, 어떻게 봐도 백발 같지는 않잖아요. 그걸 깨달은 순간, 이거다 싶었어요. 내 머리칼도 플래티넘 헤어라고 생각하면

맵시를 더해주는 반다나 스타일의 헤어밴드. 폭이 넓어서 전체적인 외모에 입체감과 볼륨감을 더해준다. 두상 형태와 상관없이 누구에게나 잘 어울리며, 손수 제작한 핸드메이드 상품이라 더 의미가 깊다.

되겠구나!"

수변 사람늘은 갑자기 염색하길 멈추고 본연의 자신을 드러낸 고노 씨에게 '무슨 일이야, 그 머리?'라며 놀란 표정을 지었다고. 하지만 그것도 잠시, 고노 씨의 그레이 헤어는 '그녀만의 스타일'로 빠르게 받아들여졌다.

"염색 스트레스에서 해방된 지금, 거울에 비친 제 모습에 만족하고 있어요. 지금보다 더 멋진 플래티넘 헤어스타일은 없는지 시간 날 때마다 거듭 고민하고 있답니다."

'더 나다운' 모습을 상상하며 오늘도 자신을 가꾸고 있는 고노 씨를 응원해본다.

기모노를 입을 때는 올림머리 뒤쪽에 위그9)를 붙여 스타일링한다. "위그는 도쿄 아사쿠사 부근에서 찾은 가발 숍에서 직접 주문, 제작했어요. 1만 엔 조금 안 되는 가격으로요."

일본 전통복장은 정장 차림보다 착장의 즐거움이 있다.
"비단 하나하나에 담긴 의미를 알아가는 것도 재미있어요.
오늘은 오시마 명주로 만든 기모노와 그레이 헤어를 매치해봤어요."

119

개성을 중시하는 다바타 씨는 삼십 대 시절,
좋아하는 디자이너 미야케 이세이 씨의 옷만
고집했다. "그 옷들을 지금까지 입고 있는 건
네네 근 에 부 보비에요. 미 비 ㅗ 이세이 씨의
플랜테이션[10] 브랜드 제품이에요.
그레이 헤어와 정말 잘 어울리죠?"

Grey 11

내 마음에 들고 어울리면 그뿐
머리칼이 무슨 색이든 상관없어

다바타 아키코 age: 72

쇼트 커트 그레이 헤어를 완벽하게 소화한 다바타 씨.
디자이너로서 틀에 갇히지 않은 미의식을 중요하게
생각하며 살아왔다. 머리칼 컬러도 마찬가지. '지금
이대로도 충분하다'는 생각에 염색은 하지 않는다.
자신만의 확고한 기준에 따른 선택은
더없이 매력적인 결과로 이어졌다.

그래픽 디자이너 겸 테이블 코디네이터. 주로 기업 PR 및 기획물을 제작하고
생활공간 연출을 돕는다. 현재 생활 잡화 스타일링을 제안하는 생활공간디자인실
아틀리에를 운영하고 있으며, 이케부쿠로 커뮤니티 전문학교에서
콜라주 디자인 강사로도 근무하고 있다.

그녀가 항상 스스로에게 던지는 질문
"현재의 내게 가장 어울리는 건 뭘까?"

다바타 씨의 주된 생활공간은 화이트 베이스에 세련미를 더해 인테리어 한 방이다.

"제가 가장 좋아하는 게 이런 거예요. 마음 편히 머물 수 있는 공간을 택하고, 전혀 다른 스타일의 가구나 소품을 넣어 단정하게 정돈하는 것."

단언컨대 미적 공간을 창조하고 싶다면 '자신을 제대로 아는 것'이야말로 빼놓을 수 없는 숙제다. 다바타 씨는 어릴 때부터 남들이 다 좋다는 것에는 흥미를 느끼지 못했다고 한다. 정해진 격식이나 형식을 너무도 싫어했던 그녀는 기존의 미의식 틀에 갇히는 게 숨이 막히는 기분이었다고.

"헤어스타일이나 패션도 미적 공간과 같아요. 그때그때 나에게 어울리는 아이템을 찾아야 현재에 닿을 수 있죠."

마음에 들어 구입했거나 좋아하는
작가들에게 받은 작품들로
아틀리에 벽을 꾸몄다. "저 낡은
검은색 수납장은 한국 물건이에요.
50년 전에 첫눈에 반해 구입해서
지금까지 쭉 사용하고 있지요."
검은 테두리 액자 속 콜라주는
다바타 씨의 개인 작품이다.

검은 머리칼이 가장 좋은 선택이라고는 생각지 않아
가장 나답다고 느껴지는 컬러라면 오케이

옷 컬러는 모노톤이 대부분이지만, 지금보다 더 머리칼이 하얘지면 채도가
높은 색깔의 옷도 매치하려고 한다. "이건 몇 십 년 동안이나 아껴 입어온
코트예요. 젊었을 때보다 오히려 지금 더 잘 어울리는 것 같아요."

가령 그레이 계열 옷을 입더라도, 마스카라와 립스틱으로
포인트를 주는 건 잊지 말 것. "뒤통수에는 아직 검은색 모발이 남아 있죠?
어중간한 지금 상태도 나름 즐기고 있어요."

그레이 헤어가 되었어도
난 한 번도 염색을 생각한 적 없어

"그러고 보니 삼십 대 때 흰머리가 근사해 보여 세미롱 길이의 보브 스타일에 화이트 컬러로 부분 염색을 넣은 적이 있어요. 헤어 액세서리로 장식한 느낌으로요."

삼십 대 후반은 일적으로는 순조로웠지만, 결혼이나 기타 등등 생각해야 할 것들이 많아서 복잡한 시간이었다고.

"초심으로 돌아가자는 마음에 머리를 싹둑! 쇼트 커트로 바꿔봤어요. 쇼트 커트 스타일이 다양할 수밖에 없는 남성 헤어스타일 샘플 사진을 넘겨보면서 헤어디자이너와 상담했죠."

그때 바꾼 헤어스타일이 마음에 쏙 들어서 지금까지 쇼트 커트를 고수하다가 어느덧 칠십 대를 맞이했다.

"가끔 흰머리가 많이 늘었다고 헤어디자이너가 말하면 자세히 들여다보며 '어머나, 우리 집 야옹이랑 같은 색이네!' 하고 웃곤 해요. 하지만 '염색하실래요?' 물으면 망설임 없이 거절하죠. 저는 검은 머리칼이 가장 좋은 선택이라고는 생각하지 않거든요. 게다가 '어떻게 되든 상관없어'가 아니라 '어울리기만 한다면 머리칼이 어떤 색이든 좋다'는 마인드예요. 그레이 컬러가 가장 나답다고 느꼈기에 염색할 필요가 없었던 거죠."

그레이 헤어가 되고부터 옷을 고를 때 한 가지 원칙이 생겼다. 옷 컬러는 모노톤 위주에 메이크업은 마스카라로 힘을 주고, 립스틱은 짙은 다홍빛으로 발라주는 것. 이런 표현 방식이 그레이 헤어인 자신을 온전히 자기답게 완성해주는 멋스러움이라고.

"얼마 전 지하철에서 옆에 앉은 고령의 남성이 제게 말을 걸었어요. 그런데 대화 중에 '왜 염색을 안 하시나요?' 하고 묻는 거예요. 순간 맥이 빠지더군요. 남자들은 고집이 세다고 해야 할까, 유행에 뒤처진다고 해야 할까….'"

지난밤, 아는 동생의 갑작스런 부고 소식을 접하고 충격에 휩싸였다는 다바타 씨. 인생에는 늘 끝이 있고, 누구든 예순이 넘어서면 자신에게 남은 시간이 얼마 없다는 걸 깨닫게 된다. 그래서 그녀는 마지막으로 이 한 가지를 강조했다. "언제까지고 같은 장소에 머물러 있을 수는 없는 거 아니겠어요?"

집안 복도에는 친구가 그린
템페라화를 걸어뒀다. 바닥에는
'소프레(sofreh)'라고 부르는
이란의 천을 러그처럼 깔았다.
"좋아하는 물건은
항상 바라보고 싶으니까요."

'이대로 갈 테야!'
결정한 뒤엔 자신감을 가질 것

가와사키 아쓰요 *age: 80*

웨이브를 넣은 그레이 헤어와 나름의 법칙이 있을 것 같은
코디가 매력적이다. 개성 있는 스타일로 만인의 눈길을
사로잡는 가와사키 씨는 그 인생 안에도 비범함이 녹아 있다.
항상 마음의 소리에 솔직하게 반응하며 살아왔다는 그녀.
그래서 지금, 그레이 헤어의 나날도 최선을 다해
충실히 보내고 있다.

래핑 어드바이저를 거쳐 갤러리 큐레이터로 일했다. 현재는 도쿄 미나미아오야마에
위치한 '갤러리 와투(WA2)'를 운영한다. 1998년 오픈한 갤러리에서는 일상에 행복을
가져다주는 의식주를 테마로 한 다양한 작품을 선보이고 있다. 이따금 감성 어린
시선으로 직접 발굴한 작가와 해당 작품을 전시한다.

평소 갤러리 와투에서 소개한 액세서리를 직접 착용하곤 한다. 브로치와 목걸이는
엔도 모미 작가의 작품. "머리칼은 원래부터 숱이 많고 윤기도 있어서 부모님께 충분히
감사하고 있어요.(웃음) 파마는 4개월에 한 번꼴로 한답니다."

흰머리는 정수리 부분부터 늘기 시작했다. "그래서 전체를 소바주[11] 처리해
컬을 넣고, 머리를 높게 올려 묶어 자연스럽게 늘어뜨렸던 시기도 있었어요.
프랑스에 갔을 때 남긴 사진이랍니다."

오른쪽부터 귀고리는 모리모토 마유 씨,
반지는 반 마사코 씨, 골판지를 소재로 한
브로치는 오구라 리쓰코 씨,
반지는 후지타 게이코 씨의 작품.

나만 좋다면
백발도 괜찮다고 생각해

"오십 대가 되어 흰머리가 눈에 띄기 시작했을 때, 몇 번인가 염색을 했어요. 하지만 어색하고 불편해서 도무지 익숙해지지 않더라고요. 그때 염색을 그만두기로 결심했죠."

흰머리 염색이 당연할 법도 한 세대인데, 백발이 그리 싫지만은 않았다는 가와사키 씨. 그래서 자연스럽게 그레이 헤어를 택할 수 있었던 건지도 모른다. 무엇보다 가와사키 씨는 본인의 감성을 신뢰했다. 그런 생각은 여전히 유효하다.

"한쪽이 없어진 귀고리 두 쌍을 버리지 못하고 갖고 있었던 적이 있어요. 둘 다 제가 좋아하는 디자인에 비슷한 계열의 색상이어서 그대로 두 개를 한 쌍처럼 차고 다녔죠. '내가 좋으면 됐지'라는 생각이 들었거든요. 헤어스타일도 액세서리도 본질은 같아요. '이대로 갈 테야'라고 정했으면 그대로 자신감을 갖고 당당하게 나아가면 되는 거예요."

그레이 헤어는 '나를 찾는 과정'을
4순히 걸어왔다는 증거

가와사키 씨가 그레이 헤어를 택한 여러 가지 이유 중 하나는 물들이는 시간이 아까워서다.

"결혼 후에 현모양처로 살았지만, 아이가 자라서 독립하고부터는 나를 찾는 시간을 가졌어요."

사십 대에 갤러리에 취직해 경력을 쌓고, 60세에 독립했다. 일흔세 살 땐 혼자서 3개월간 프랑스 생활에 도전하기도 했다.

"프랑스행을 결정한 건 정신적으로도 자립하고 싶어서였어요. 일본에 있으면 남편이나 주위 사람들이 항상 저를 돕고 보호해주니까요. 하지만 막상 프랑스에서 생활해보니 혼자서는 아무것도 못하겠어서… 그런 자신이 어찌나 한심하고 부끄럽던지 돌아오는 비행기 안에서 한참을 울었네요."

그래도 귀국 후, 한 걸음이라도 앞으로 내딛고 싶은 마음에 머리를 자르고 스스로를 추슬렀다. 지금도 '나는 아직 멀었다'라는 말을 되뇌며 최선을 다하고 있다.

"작년에 여든이 되었지만, 나이가 들어 마음이 아팠던 적은 없어요. 좋아하는 시 중에 '젊은이는 아름답지만, 나이 든 이는 비할 수 없이 아름답네[12]'라는 구절이 있어요. 저는 '비할 수 없이 아름다운' 사람이 되는 걸 목

그레이 헤어가 되고부터 선명한 색상도 잘 받게 되었다.
"최근 그린이나 옐로 컬러 아이템이 늘었어요.
롱 베스트는 저희 갤러리 작품이에요."

팔찌는 앤티크 제품. 독특한 안경테도 디자인이 마음에 들어 자주 활용한다.
"현대 사회는 '이게 아니면 안 된다'라는 개념이 희박해서 좋은 것 같아요.
스스로에게 자신감을 갖고 멋을 부려도 충분히 괜찮다고 생각해요. 패션은
행복의 원천! 어떤 식으로든 자신을 끌어올려주잖아요?"

표로 하고 싶어요. 아름다움은 내면에서 우러나는 것인 만큼, 매일의 삶 속에서 기뻐하거나 슬퍼하거나 혹은 화를 내면서 마음의 결을 조금씩 쌓아갈 수 있다면 좋겠습니다."

젊어 보이기보다
멋지게 나이 드는 모습을 보여주고 싶어

다케바야시 가즈코 *age: 75*

무심한 듯 가볍게 땋아 올린 그레이 헤어가 우아하다.
착용하고 있는 액세서리와 옷도 센스 만점.
다케바야시 씨 안에 내재된 미의식이나 개성은
어떤 것일까? 미적 감각을 유지하기 위해 그녀는
어떤 노력을 하고 있을까?
그녀만의 멋내기 노하우를 들어봤다.

결혼 후 가정을 1순위로 두고 살아왔다. 아들과 딸 모두 독립하고 현재 남편과 둘이서
생활한다. 미술관 관람을 좋아하고, 꽃꽂이도 오랜 기간 배웠다. 현재 요코하마에 살고
있으며, 한 달에 열흘 정도는 유가와라에서 온천을 즐긴다.

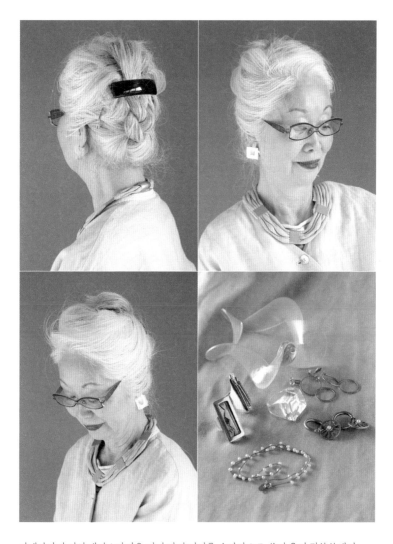

다케바야시 씨의 헤어스타일은 먼저 양옆 머리를 손가락으로 쓸어 올려 뒷부분에서
모은 뒤 헤어밴드로 묶어준다. 남은 밑머리는 위쪽 방향을 향하게 세 갈래로 땋아 올려
바레트[13]로 고정한다. "액세서리는 작가가 손수 만든, 세상에 단 하나밖에 없는 것들이
좋아요. 그런 종류를 찾는 게 소소한 즐거움이랍니다."

액세서리를 활용해
그레이 헤어에 개성 더하기

스타일리시한 사람들이 오가는 오모테산도 거리. 그 무리 속에서 한눈에 시선을 끄는 아름다운 그레이 헤어의 주인공이 바로 다케바야시 씨였다. '저는 그저 평범한 주부일 뿐인데…'라며 망설이는 그녀를 설득해 어렵사리 인터뷰할 수 있었다.

"할머니와 엄마 모두 '염색은 건강에 안 좋을 것 같아'라는 얘기를 자주 하셨고, 흰머리가 늘자 그대로 두시더라고요. 그래서 저도 염색할 생각 없이 제 모발 색깔에 저항감도 갖지 않은 채 지금까지 온 것 같아요."

헐겁게 머리를 땋아 뒤로 올리는 게 평소 자주 하는 헤어스타일. 머리 숱이 많고 모질이 강한 편이어서 헤어숍에 가면 머리 손질에 시간이 꽤 많이 든단다. 다행히 지금의 헤어스타일은 굳이 헤어숍에 가지 않아도 충분히 혼자서 소화할 수 있다고.

"시원하게 확 자르고 파마를 하면 10년은 더 젊어 보일 거라고 말해주는 지인들도 있어요. 하지만 저는 젊어 보이기보다 멋지게 나이 드는 모습으로 기억되고 싶거든요. 그래서 염색을 따로 하지 않는 거고, 헤어스타일이라 해봤자 이 정도예요."

이토록 자연스러운 그레이 헤어가 좀 더 특별해 보이는 이유는 그녀만의 패션 감각 때문일 것이다. 다케바야시 씨가 착장한 모든 아이템에서 개성이 느껴진다.

"다른 사람이 시도하지 않는 패션을 즐기고 싶다는 마음은 늘 갖고 있어요. 옷 말고도 여러 가지 액세서리로 제 존재감을 표현하고 싶기도 하고요. 그래서 외출을 나오면 확 끌릴 정도로 개성이 넘치는 액세서리를 엄청 찾아다녀요. 오늘도 근사한 물건이 없나 싶어서 오모테산도와 아오야마에 위치한 셀렉트 숍과 갤러리를 둘러보고 있었어요."

플래티넘 헤어에 블루 그레이
톤의 블라우스를 매치했다.
"가장 좋아하는 컬러예요.
그레이 헤어와도 잘 어울려서
입고 있으면 왠지 모르게
마음이 편안해져요."

포인트 컬러를 의식하며
그레이 헤어의 맵시를 즐기다

유니크한 디자인이 마음에 들어 구입한
튜닉 블라우스에 옐로 색상의 스카프를 매치.
"머리칼 색이 밝아지면 옐로 같은
원색이 잘 어울려요."

코트나 와이드 팬츠 등은 본인이 직접
만든다고. "남들과는 다른 옷을 입고 싶어서
마음에 드는 원단을 발견하면 좋아하는
디자인으로 재봉하곤 해요."

도처에 널린 모든 사물이
패션 감각을 키워줄 찬스

어릴 때부터 멋내기를 좋아했다는 그녀는 어린아이들을 보살피던 시기에도 아이들이 잠들면 곧바로 재봉틀을 돌렸다. 나이를 먹어가면서도 감각을 키우는 일만은 게을리하지 않았다.

"텔레비전을 볼 때도 사회자나 아나운서가 입은 옷을 유심히 보면서 '스카프 예쁘다. 그래도 저 옷이라면 다른 색 스카프가 더 어울렸을 것 같아' 하며 머릿속으로 다른 코디네이트 룩14)을 상상하곤 했어요."(웃음)

미술관에도 자주 가는 편이어서 작품을 바라보며 영감을 얻기도 하지만, 때로는 그 분야에 관심 있는 사람들의 차림새가 더 공부가 된다고.

"포인트 컬러의 활용 면에서 정말 공부가 많이 되는 것 같아요. 최근에는 노란색을 포인트 컬러로 활용한 코디를 자주 시도하고 있답니다."

피부와 몸의 건강을 위해 평소 식생활 균형에도 신경을 쓴다는 다케바야시 씨는 채소나 발효식품을 잘 챙겨 먹는 편이다. 자세도 중요하게 생각해 어깨를 돌려주거나 가슴을 펴는 동작 같은 간단한 스트레칭을 잊지 않는다. 하루하루를 그저 그렇게 흘려보내는 게 아니라 작은 것 하나에도 관심을 기울이며 지내려 애쓴다. 이런 그녀의 노력이 더해져 내일이 더 아름다운 그레이 헤어 세대를 만들어가고 있다.

내게 그레이 헤어는
치열하게 살아온 날들의 증거

요시오카 미호 *age: 71*

전업주부인 요시오카 씨는 모델인가 싶을 정도로 키가 크고
외모도 스타일도 좋은 편이다. 밝게 웃는 얼굴과 부드러운
말투만 봐서는 아무런 고생 없이 살아온 귀부인 같지만,
실은 남다른 슬픔과 절망을 경험한 적이 있다.
그 모든 것들을 마음에 묻고 오늘을 살아간다.

요코하마에서 나고 자랐고, 결혼도 물론 요코하마에서 했다. 결혼 후에는 전업주부로
지내며 가정을 돌봤다. 요리나 패션을 즐기는 한편 일본 전통 스포츠인
바람총을 좋아한다. 함께 살고 있는 손녀딸들의 성장을 지켜보는 것도
인생의 또 다른 즐거움이라고. 스킨케어 비결은 간단하다.
율무 성분으로 만든 화장수를 항상 촉촉하게 바르는 것.

2년 전에 염색을 그만뒀다. 염색물이 아직 빠지지 않은 부분과 흰머리의 경계 때문에
임시방편으로 반년 전, 헤어 블리치[15] 서비스를 받았다. 표면적으로는 거의 그레이 헤어에
가까운 상태. "가끔은 양옆 머리칼을 모아 땋은 머리 스타일을 하기도 해요."

칙칙한 인상이 아니라면
그레이 헤어로 괜찮다고 생각했어요

"오랫동안 헤어숍에서 흰머리 염색을 해왔어요. 하지만 2년 전, 무릎 관절이 나빠지면서 의자에 긴 시간 앉아 있는 게 힘들어졌죠. 그게 염색을 그만둔 계기였어요."

온화한 말투로 지난날의 이야기를 들려주는 요시오카 씨. 그레이 헤어에 도전할 때 그다지 고민하지는 않았다고.

"칙칙한 할머니처럼 보이지 않는다면 흰머리도 나쁘지 않다고 생각했어요. 옷 색상에 전보다 더 신경을 쓰는 것도 그런 이유죠. 거울 앞에서 이런저런 옷을 대보면서 전과 달리 핑크색 계열이 잘 어울린다는 사실도 깨달았어요. 반대로 그레이, 베이지, 퍼플 계열은 오히려 인상이 칙칙하고 어두워 보여요."

몇 번의 시련 뒤에 찾은
'지금'이란 시간

요시오카 씨는 열아홉의 어린 나이에 열네 살 연상인 너그러운 남자를 만나 결혼해 가정을 꾸렸다. 그 때문인지 딸은 '엄마는 세상 물정을 너무 몰

키 170센티미터에 손발도 긴 요시오카 씨.
기성복은 전체 길이는 맞아도 팔 길이가 짧아서
셔츠나 재킷 같은 상의는 직접 재봉해서 입는다.
"원단 도매시장에 가서 원하는 천을 고르곤 해요."

옷뿐만 아니라 손을 움직여 만드는 것이라면 뭐든 좋아한다.
거울의 틀 부분도 칠기로 손수 제작했다.
"오히나사마[16]는 조각 교실에 다닐 때 만든 작품이에요."

라'라는 말을 자주 한다고. 결혼한 뒤 아들 둘과 딸 하나를 얻었고, 아이들의 성장을 기쁘게 바라보며 살았다. 미래를 상상하며, 노후에는 남편과 유럽여행을 가자는 등의 이야기를 나누기도 했었다.

"인생이란 참 이상하죠? 생각지도 못했던 일이 일어나니까요."

갑작스런 사고였다. 고등학교 졸업식 당일, 아들 하나가 뺑소니 사고로 유명을 달리했다. 그토록 의지했던 남편은 요시오카 씨가 쉰한 살이 되던 해에 세상을 떠났다. 엎친 데 덮친 격으로 그 이듬해엔 친정아버지가 병으로 쓰러지셨다. 겹겹이 쌓인 슬픔과 스트레스로 본인의 몸에도 이상 징후가 나타났고, 두 차례에 걸쳐 심장수술을 받았다.

"그즈음부터 흰머리가 급격히 늘었던 것 같아요. 시간이 꽤 지났어도 그때 느낀 슬픔과 상실감을 잊은 적은 한 번도 없어요. 다만 아무리 힘든 일이 있어도 산 사람은 살아야 하니까… 주변 환경도 바꾸고 그랬죠."

3년 전부터 딸네 가족과 함께 살기 시작한 요시오카 씨. 쌍둥이 손녀딸의 옷을 직접 재봉할 때, 초등학교에 아이를 데려다주고 또 함께 돌아오면서 얘기를 들어줄 때 등이 가장 즐거운 시간이라고 말한다.

"가족 모두의 건강을 위해 일식 상차림 위주의 영양 가득한 식사를 준비하는 데도 마음을 쓰고 있어요. 간식까지 손수 만들고요. 부득이하게 시판 제품을 사야 할 때는 첨가물 목록을 꼼꼼히 살피죠."

손녀딸들은 종이접기도 아이패드로 배우는 세대이지만, 진심이 담긴 음식의 맛은 IT 기술로 전할 수 없을 것이다.

"이제는 하고 싶은 게 생기면 혼자서도 외출할 수 있게 되었어요. 종종 미술관에도 혼자 다녀오죠."

큰 시련을 헤쳐오며 굳은 삶의 의지를 몸에 익힌 요시오카 씨는 이제 삶의 한가운데에서 작은 행복에도 눈을 돌릴 수 있게 되었단다. 그녀에게 그레이 헤어는 앞만 보고 치열하게 달려온 날들의 증거 같은 것이다.

입고 있는 흰색 슈트도 직접 재봉했다. "선명한 컬러의 립스틱이나 밝은 색상의 스카프로 포인트를 줬어요. 안경테도 패션의 일부, 고를 때 신중을 기하는 편이에요."

큰맘 먹고 고른, 프린트가 돋보이는 튜닉 블라우스와 검은색 터틀넥도 직접 제작.
"요즘은 딸의 조언에 귀 기울여, 무늬가 제법 화려한 원단을 고르고 있어요."

모발 색도 삶의 방식도
'내추럴'하게

기타하라 구니코 *age: 64*

기타하라 씨는 52세 때 흰머리 염색을 그만뒀다.

직업이 헤어디자이너인 그녀는 도대체 무슨 생각으로

염색을 그만둔 걸까? 전문가의 눈으로 본 피부와

그레이 헤어의 관계도 궁금하다. 건강과 함께 아름다운

그레이 헤어를 유지하기 위해 그녀가

실천하고 있는 부분은 뭔지 자세히 들어봤다.

체인 에스테틱 숍 '기타하라 비간'은 할아버지가 처음 문을 열고 대대로 가업을 이어와,
100년 이상의 역사를 갖고 있다. 3대째 원장인 기타하라 씨는 주식회사 니혼게쇼힌의
6대째 대표이사장 직도 겸하고 있다. 이제까지 10만 명이 넘는 사람들의 피부를
아름답게 가꿔준 실력자로, 저서로는 《기타하라식 평생 스킨케어》가 있다.

그레이 헤어일수록
피부는 촉촉하고 탄력 있게

약간 굵은 모발에 파마를 말아서, 일하는 도중에도 흘러내려 얼굴을 가리는 일이 없게 했다.
"최근 프로 헤어디자이너나 메이크업디자이너에게 머릿결이 건강하고
좋아 보인다는 칭찬을 여러 번 들어서 기뻤어요."

피부든 두피든
괜한 부담은 주지 말 것

대대로 이어온 에스테틱 숍 '기타하라 비간'의 원장으로 일하고 있는 기타하라 씨. 의심할 여지없는 탄탄한 실력과 진심 어린 상담 스킬은 많은 여성들의 신뢰를 얻었다. 더없이 온화한 미소와 함께 눈에 들어온 것은 그녀의 밝은 그레이 헤어.

"고객들이 간혹 제 머리를 보고서 '나도 염색 그만둘래!' 하고 말할 때도 있어요."

모발 염색은 어쨌든 두피에 큰 부담을 준다. 기타하라 씨는 조금이라도 부담을 줄이고자 천연 헤나를 사용해 흰머리를 검은색으로 물들인 적도 있다.

"그때 두피에 심한 가려움증이 생겨서 피부과 의사인 동생에게 물어봤더니 '옻 알레르기'라고 하더군요. 그대로 두면 얼굴까지 붓게 될 거라 충고하면서요. 헤나가 저에게 맞지 않았던 모양이에요. 그걸 계기로 12년간 계속해왔던 염색을 그만뒀습니다. 마침 딸도 고등학교를 졸업해 학부모 모임으로 학교에 갈 필요도 없어졌으니 차라리 잘됐다 싶었죠."

그녀가 헤어디자이너로서 가장 중요하게 여기는 것은 단아한 아름다움이다. 그레이 헤어 여성들은 피부가 조금만 칙칙해도 전반적으로 우울한 듯한 인상이 되어 단아함이 사라진다. 머리칼이 그레이로 바뀌었을 때, 촉촉하고 탄력 있는 피부가 더 중요해지는 것도 이 때문이다.

"건강한 피부를 유지하기 위해서는 피부에 괜한 부담을 주지 말아야 합니다. 그건 얼굴도 두피도 마찬가지예요. 올바른 방법으로 케어를 해야 피부도 반응을 보여준답니다. 저도 어릴 때는 서핑이나 골프 같은 스포츠를 좋아해서 기미나 잡티가 많은 구릿빛 피부였어요. 하지만 기타하라 비간 방식인 냉수 세안 등으로 피부 재생력을 더하고, 식사나 수면 등 생활 리듬을 개선하자 놀랄 만큼 피부가 좋아졌죠. 육십이 되어도, 칠십, 팔십이 되어도 피부나 두피, 모발은 마음을 쓰는 만큼 아름다움이 지속된답니다."

그레이 헤어와 함께 찾아온
두 번째 인생

기타하라 씨는 삼 남매 중 둘째로 자랐다. 언니는 모범생에, 남동생도 뭐든 잘하는 스타일이었다.

"저는 특별히 잘하는 게 없어서, 이런 제가 우리 가족들에게 어떤 도움을 줄 수 있을지 자주 고민했었죠. 그래서 자연스럽게 집안 분위기가 좀 무거우면 맛있는 요리를 만들어 식탁을 차리곤 했어요. 밖에서도 누군가 우울해하고 있는 친구가 있으면 먼저 다가가 재미있는 이야기를 던지며 분위기를 풀어줬지요. 그때 다짐했던 것 같아요. '윤활유 같은 존재'가 되자고요."

어닐 때부터 농불을 좋아해서 나중에 크면 수의사가 되고 싶었다는 기타하라 씨. 하지만 부모님의 바람대로 가업을 잇기 위해 미용의 세계에 발을 들였다.

"이런저런 다양한 손님들을 만나서 이야기를 듣다 보면 그 자체가 자극이 되어 큰 공부가 됩니다. 시술이 끝나고 기뻐하는 손님들 모습을 보는 것도 기쁘고요. 마음의 양식을 듬뿍 받고 있어서 이 일을 하길 정말 잘했다고 생각해요."

그렇다고 일과 가정, 두 마리 토끼를 동시에 잡는 게 쉬웠던 것은 아니다. 특히 아이 둘이 아주 어릴 때는 힘든 일이 너무 많았다고.

"일이 끝나면 문하생 교육을 해야 했고, 그것까지 마치고 집에 돌아오면 밤 11시가 넘을 때도 많았어요. 물론 아이들은 벌써 잠들어 있었죠. 저는 부엌에서 선 채로 밥을 먹으며 다음 날 아이들 도시락과 저녁 준비를 했어요. 어쨌든 무작정 힘닿는 데까지 열심히 일했던 기억이 선명하네요."

힘든 시간이었지만 그 시기가 있었기에 지금의 자신이 있다고 자부하는 기타하라 씨는 가능한 한 더 많은 여성들의 삶을 응원하고 싶다고 한다.

"우리 숍 직원들 중에서도 일하면서 아이들을 키우는 워킹맘들이 꽤 있어요. 요즘에는 여자들이 가정 경제를 책임지는 경우도 많아서, 여성이 제 역할을 다하지 못하면 세상이 돌아가지 않을 거란 생각도 들어요."

그레이 헤어의 선택은 어쩌면 두 번째 인생의 출발점에서 새로운 시작

몸이 건강하면 마음에도 여유가 생긴다.
"그러면 주변의 일들도 원만하게 돌아가
살기 편하게 되는 것 같아요."

을 알리는 신호탄 같은 것인지도 모른다는 기타하라 씨.

　"이제 우리는 100세 시대를 살아가고 있어요. 아이들이 자라서 육아가
일단락되면 모든 것을 포기하는 여자들도 많이 봤어요. 하지만 나이 오십
이 넘으면 그때부터 다시 새로운 인생이 펼쳐져요. 그때야말로 모발 색도
삶의 방식도 되돌릴 수 있는 좋은 기회죠. 자연스럽게 자기다운 시간을 즐
기면 그만이에요. 진심을 다해 무언가를 새롭게 시작하려 한다면 나이와
는 별개로 새로운 싹이 반드시 돋아날 거랍니다."

올바른 케어로
모발과 피부를 젊어 보이게

아름다운 그레이 헤어를 유지하기 위해서는 목적에 부합하는 케어를 빠뜨릴 수 없다. 기타하라 씨는 두피와 피부 나이를 조금이라도 되돌리는 과정이 필요하다고 말한다.

"모발이 잘 상하고 갈변이 진행될 정도로 강력한 계면활성제 성분이 든 샴푸를 사용하면, 당연히 두피도 손상돼요. 그래서 저는 계면활성제를 말끔히 씻어내면서 두피의 촉촉함은 지켜주는 샴푸를 사용하고 있어요."

머리를 감을 때는 가능하면 미지근한 물로 1차 세정하며 모발에 있는 오염 성분을 가볍게 씻어낸다. 그다음 샴푸를 손에 덜어 거품을 낸 뒤 두피 위주로 감는다. 이때 손톱 밑, 손가락 안쪽으로 모발 뿌리 부분을 마사지하듯이 두피를 부드럽게 문지를 것. 모발 끝 부분까지 거품을 골고루 묻혀 감은 뒤 마지막에 깨끗이 헹궈낸다.

"린스나 컨디셔너는 두피의 살갗에 직접적으로 닿지 않게 하는 게 포인트예요. 이런 제품들은 머리칼을 코팅하는 성분이 들어 있어서 두피에 바르면 자칫 모공이 막히는 원인이 되거든요. 두피가 상하면 탈모가 오기도 해요. 살갗 위로 2센티미터 정도 여분을 두고, 제품을 모발 위주로 발라서 헹구세요."

그녀는 올바른 샴푸 혹은 두피 마사지로 두피가 건강해지고 혈액순

환이 좋아지면, 건강하고 윤기 있는 머릿결로 되돌아갈 수 있다고 설명한다.

"그리고 한 가지 덧붙이면, 몸속이 건강해야 피부와 두피도 건강해요. 균형 있는 식사는 필수 조건이죠. 저는 일식 중심의 식사를 하며 김 같은 해조류를 자주 먹는데 이것도 건강한 머릿결을 위해서랍니다. 마지막으로 많이 웃으세요. 밝게 웃는 것만으로도 기분이 좋아지고 피부도 탱탱해지니까요."

기타하라 씨는 마지막 당부를 마치고 환하게 웃는다. 그레이 헤어와 미소가 얼마나 잘 어울리는지를 증명하듯이.

 기타하라 구니코의 ──────────
이너뷰티 레시피

가쓰오부시를 올린 어니언 슬라이스

1 양파 1/2개를 얇게 슬라이스로 썬 뒤 물에 담갔다가 건져 매운맛을 빼내요.
2 물기를 잘 뺀 양파를 볼에 담아요. 여기에 간장과 마요네즈를 넣어 무쳐요.
3 접시에 옮겨 담은 뒤 가쓰오부시를 올려요.

가쓰오부시는 피로 회복에 좋은 비타민 B_1이 풍부하다. 양파는 혈액을 맑게 해 비타민 B_1의 흡수율을 높인다. 이 두 가지 재료를 같이 섭취하면 쌓인 피로가 풀리고 피부 톤도 한결 밝고 깨끗해진다.

아보카도 참치 무침

1 아보카도와 참치를 한입 크기로 썰어요.
2 1의 재료를 볼에 담고 올리브오일, 발사믹식초, 마늘, 간장, 고추냉이 소스, 소금, 후춧가루를 넣어 버무려요.

아보카도에는 혈중 콜레스테롤이나 중성지방의 농도 조절을 돕는 불포화지방산, 비타민 B_2, 비타민 E, 식이섬유 등 다양한 영양소가 들어 있다. 이보다 더 영양가 높은 과일은 찾기 힘들다고 여겨질 정도다. 아보카도와 참치 무침의 포인트는 뭐니 뭐니 해도 톡 쏘는 맛의 고추냉이 소스. 발사믹식초 덕에 끝맛까지 깔끔하다. 술안주로도 잘 어울리고, 밥 위에 얹어 먹어도 좋다.

PART 2

DOCUMENT

1년간 그레이 헤어로 기르기

27년간 300번 이상, 18세부터 45세까지 흰머리에
검은 물을 들였다. 그러다 염색하는 행위에 휘둘려온
인생에 반감을 느끼고 그레이 헤어로 다시 태어났다.
흰머리와 새로운 마인드를 함께 길러온 1년,
그 시간들의 기록.

1년 동안 그레이 헤어로 가는 여정

이시쿠라 마유비 • 작가 *age: 46*

1999년 프리랜서 작가로 독립했다. 일반 잡지나 비즈니스 전문지,
웹사이트 등에 취재, 집필한 원고를 기고한다.
저서로는 《나는 착한 딸을 그만두기로 했다》(북라이프)가 있다.
그레이 헤어 블로그 http://ameblo.jp/sails-sails 홈페이지 http://asakuramayumi.com/

고통스러운 흰머리 염색에서
벗어나고 싶다!
그 마음 하나로 시작한 그레이 헤어

흰머리 염색이 매너이자 필수인 것처럼 정한 사람은 누굴까? 나는 왜 내 본연의 머리칼 색을 이토록 싫어하고 감추려 하는 걸까?

십 대 때부터 새치로 고민이 많았던 나에게 흰머리 염색은 귀찮고 성가신 의무에 가까웠다. 두피에 독한 약품을 바르고 한동안 따끔거림을 견뎌야 했던 시간들. 그 고통의 시간을 지나온 지 또 며칠이 되지 않아 다시 뿌리 부분에서 흰머리가 고개를 내밀었다. 듬성듬성 자라난 흰머리가 신경 쓰여 누군가를 만나고 있는 순간에도 마음이 편치 않았다.

흰머리 염색에 휘둘려온 인생이라니 정말 지겹기도 하다. 이런 생각을 하던 중, 흰머리도 개성으로 받아들이는 헤어디자이너를 만나게 되어 2016년 9월부터 흰머리를 기르기 시작했다.

처음에는 머리칼 전체에 블리치를 넣었다. 자라난 흰머리를 그나마 눈에 덜 띄게 해준다는 전문가의 조언에

'이제부터 나는 세간의 상식에 대항한다'는 개인적인 의 사를 덧붙여 내 걸 1에 드리네고 싶었다.

　남다른 각오를 담은 머리칼 색인데도, 누군가 '와, 예 쁘다!' 하고 반응할 때마다 어색한 미소로 얼버무리며 상 황을 피했다. 한편으로는 상대방이 내 머리를 보고 있으 면서 아무런 말도 꺼내지 않으면 마음속에 온갖 불안이 차오르기도 했다.

　누군가에게 말 듣는 것도 싫고, 아무런 반응이 없으 면 그건 그것대로 불안하다니. 흰머리 기르기를 막 시작 했을 때의 나는 머리색은 개성의 한 부분이라고 생각하 면서도, 속으로는 상식에 짓눌려 사고가 자유롭지 못했 던 것이다.

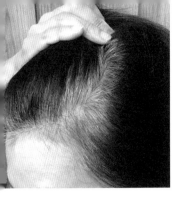

1개월차
흰머리에 대항하는 시간에 반감이 들다
2016년 8월 13일, 집에서 염색을 한 뒤 한 달이 지났다. 더는 흰머리 염색에 인생을 허비하고 싶지 않아졌다. 말은 그렇게 해도 흰머리가 차지하는 양을 정확히 알 수 없어서 불안했다.

1개월차
20년 만에 앞머리를 뒤로 넘기다
인공적인 컬러로 물들인 부분과 달리, 뿌리 부분에서 여전히 하얗게 올라오는 이마 언저리. 이마를 드러내는 게 부끄러웠다. 그런데 흰머리를 그대로 기르면서 전체 머리칼 색을 밝게 바꿨더니 이마를 드러내는 헤어스타일도 가능해졌다.

3개월차
흰머리로 기르는 동안 모자는 필수품
헤어 전체를 블리치하면 머리칼 색이 꽤 밝아지기 때문에 흰머리가 그다지 눈에 띄지 않는다. 그래도 새로 자라는 흰머리가 신경 쓰인다면 모자를 활용한 스타일을 즐겨보자.

• 1년간 그레이 헤어로 기르기

염색하는 게 더 편할까?
약해진 마음을 너욱 약하게 만드는 마의 3~4개월째

흰머리로 기르기 시작한 지 한두 달
이 됐을 때부터 그레이 헤어로 바뀌어가는 과정이나 내
마음의 갈등을 블로그에 남기기 시작했다.

흰머리 염색을 그만두고 싶은 누군가에게 도움이 되
길 바라는 마음에 적기 시작한 건 맞지만, 지금 생각해보
면 '흰머리도 멋지네요' 하는 타인의 반응을 발견하고
싶었던 건지도 모르겠다. 그만큼 내가 내린 결정에 자신
이 없었다.

그러던 어느 날, 마음이 흔들리는 첫 번째 시련이 찾아
왔다. 연말에 열리는 집안 제사 때는 먼 친척들까지 모두
한자리에 모이는데, 그들의 시선이 너무 신경 쓰였다. 모
자를 쓰고 갈 수도 없는 노릇이어서 어찌하면 좋을지 곰
곰이 생각했다. 인터넷 숍에서 가발을 찾아봤지만, 직접
써보지도 않고 구입할 자신은 없었다.

결국 노란색 블리치 헤어를 그대로 올림머리로 정리하
고 제사에 참여했다. 다른 사람과 거의 이야기도 나누지
않고, 얼굴에 복사해 붙여넣기라도 한 것 같은 미소만 유

지한 채 시간을 흘려보냈다. 가족 모임은 힘들었지만 그렇게 무사히 지나갔다.

그리고 얼마 지나지 않아 새해가 밝았고, 나를 두 번째로 갈등하게 만든 또 다른 사건이 발생했다. 그것은 한 장의 사진이 실린 연하장이었다. 연하장 속 사진에 등장한 동창과 선후배들, 그 많은 지인들 중에 그레이 헤어는 나 하나뿐이었다. 어쩌면 당연한 일이었다. 아마 이들 중 누군가는 염색을 한 직후에 사진을 찍었을지도 모른다.

그녀들은 지극히 정상이고, 상식선상에 있다. 마흔다섯이라는 나이에 흰머리 염색을 그만둔 내가 상식 밖에 선 케이스 아니넌가.

충분히 각오하고 흰머리를 기르기 시작했는데도 나만 외톨이가 된 기분이 들었다. 그런 나를 구해준 건 블로그로 맺은 친구들의 조언이었다.

"저도 흰머리 염색을 그만둔 지 ○개월째예요" "백발이 된 사람 말고, 백발을 한 사람이 되자고요!"

직접 만난 적이 없어도 일본 어딘가에 나와 같은 생각을 가진 사람이 있다는 사실만으로도 마음이 꽤 따뜻해졌다.

• 1년간 그레이 헤어로 기르기

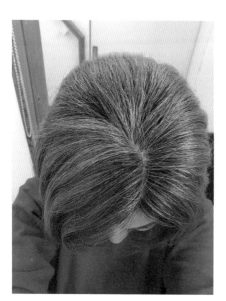

4개월차

석 달여가 됐을 때는 타인의 시선과 싸우기 시작

어떤 시도를 해도 흰머리가 신경 쓰여서 달리 방법이 없었던 시기.
그땐 에스컬레이터, 바람이 세게 부는 거리 등 언제 어디에서나
사람들의 시선이 따가웠다. 옆 사진은 머리를 늘어뜨려도 묶어도
신경이 쓰이는 모발 뿌리를 어떻게든 감추고 싶어서 크리스마스 때
구입한 모자. 지금 생각해보면 이 모자의 활약이 대단했다.

흰머리 기르기 4개월째. 긴 머리를 싹둑 자르자 목덜미 주변은 전부 그레이 헤어가 되었다. 사람들의 시선에 지지 않겠다는 강한 신념도 흰머리와 함께 길렀다.

그래도 마음이 꺾이는 순간은 또 찾아오는 법. 대개의 사람들이 염색을 하기 때문이다. 나이대보다 젊어 보이는 사람들과 동석하게 되는 순간은 더 좌불안석이다. 동창회 등에서 특히 나와 친했던 사람들과 만날 때는 '그냥 염색하면 편할 것을…' 하는 생각이 절로 고개를 든다.

실은 그레이 헤어에 도전하고 4개월쯤 됐을 무렵에 이런 일이 있었다. 대화 중에 대학 시절 친했던 친구들끼리 한번 뭉치자며 분위기가 후끈 달아올랐다. 곁눈질로 눈치만 보던 나는 끝내 대학 동기 모임에 참석하지 못했다.

그보다 더 몇 개월 전으로 거슬러 올라가면 주기적으로 빈틈없이 염색을 하던 내가 있다. 당시 20년 만에 대학 시절 친구들과 만났던 자리, 그곳에는 내 첫사랑도 있었다. 이제 와서 뭘 어찌해보겠다는 마음이야 추호도 없었지만, 그래도 이왕이면 나를 보고 '여전히 멋지구나' 하고 생각하길 바랐다. 그런 바람을 알아줬던 건지 내 지난 사랑은 날 보고 "여전하구나"라고 말해주었다. 그랬기에 더욱 염색한 부분이 섞여 있는 이 어수선한 흰머리 상태를 그에게 보여줄 수 없었다.

그럼 언제쯤이나 내 옛 친구들을 만날 수 있을까? 완
벽한 그레이 헤어지 된 시늠이라면? 솔직히 아직도 자신
있게 '예스'라고 말하긴 어렵다. 어떤 자리에 가든 염색하
지 않은 모습에 여전히 주눅이 든다. 여자는 나이가 들어
도 소녀라는 말이 있다. 그 지독한 소녀 감성 때문에 지금
껏 흔들리는 건지도 모른다.

5개월차
보브 스타일에 도전
어느 쪽으로 가르마를 타는지에 따라 보이는 흰머리의 양이 달라진다는 걸 알았다.
오히려 흰머리가 많이 보이는 쪽으로 가르마를 타서 싹둑 잘랐다. 염색한 부분이
잘려서 바닥에 떨어질 때마다 속이 다 후련했다. 머리카락 더미 속에 전체가
새하얘진 가닥도 드문드문 보인다. 머리 안쪽의 짧은 머리칼은 거의 그레이가
되었다.

앞머리가 전부 그레이가 되자
기분도 표정도 편안해졌다

보브 스타일을 하고 얼마 지나지 않았을 때는 옆머리 한 줄기에 헤어매니큐어로 핑크색을 넣었다. 관리를 아예 안 하는 사람이 아니라 흰머리로 기르는 중이라는 사실을 보여주자는 헤어디자이너의 조언을 받아들인 것이다.

화사한 색을 넣으니 기분도 좋아졌다. 어쨌든 평소 자주 입던 옷도 어딘지 모르게 맵시 있어 보이는 게 신기했다.

다만 흰색, 검은색, 분홍색, 갈색 등 다양한 색이 섞인 머리칼은 사람들의 이목을 끈다. 그날그날 컨디션에 따라 당당하게 어깨를 쫙 펴고 걷는 날이 있는가 하면, 사람들의 시선이 무섭게 느껴지는 날도 있다. 스스로에게 자신이 없는 날에는 발버둥 칠 여력도 없어 모자를 푹 눌러 쓴 채 외출했다.

전체가 다 흰머리가 아닌 어중간한 시기에는 모자가 가장 가까운 아군이 된다. 2016년부터 2017년 가을과 겨울처럼 모자를 많이 샀던 적도 없다.

• 1년간 그레이 헤어로 기르기

흰머리를 기르기 시작한 지 6개월쯤 됐을 때 다시 한 번 머리를 밀었다. 앞머리의 염색한 부분이 완전히 잘려 나갔다. 거울을 보니 부드러운 컬러 조합의 그레이 헤어로 감싸인 내 얼굴이 온화한 표정을 짓고 있었다. 흰머리 염색을 하던 때보다 더 잘 어울려서 마음에 쏙 들었다.

머리를 자를 때 셀프 촬영으로 찍은 사진은 블로그에 실시간으로 업데이트했다. 반년 동안 애썼던 나를 거듭 칭찬해주고 싶을 정도로 기분이 고조되었다.

돌이켜보면 '앞머리 완성 기념일'이, 10개월이 지나 전체가 그레이 헤어가 됐던 날보다 기뻤던 것 같다. 스스로의 결정에 자신이 없어서 '염색할 때가 더 편했던 건지도…'라며 흔들리던 시기에 맞이한 절묘한 날이어서 그랬던 건지 감동이 더 특별했다.

그러고 보니 무대 위에 올라 대중 앞에서 연설을 하는 이벤트는 경우가 또 다르다. 평소 느끼는 긴장감에 '이 머리로 정말 괜찮을까?', '꼴불견 아니야?' 하는 불안감까지 더해져 속으로 별생각이 다 든다.

한번은 업무 관련 이벤트에 초대된 적이 있는데, 생생한 강연을 펼치는 젊은 강사들 속에 흰머리가 듬성듬성 섞인 내가 있는 게 어색해서 당혹스런 마음을 피할 길이

5개월차
헤어매니큐어 즐기기
보브 스타일로 바꾸면서 핑크색
헤어매니큐어 시술도 같이 받았다. 영 관리를
안 하는 사람이 아니라 흰머리로 기르고
있는 중이라는 사실을 소심이나마 보이고
싶었다.

5개월차
개성 있게 자라나는 흰머리를 발견
머리칼을 요리저리 헤쳐보면 앞머리와
옆머리에 가려진 관자놀이 부근이 더 하얗다.
전체적으로 하얗게 자라는 사람도 있겠지만,
한 군데에 집중해서 흰머리가 느는 사람도
있다. 각자의 개성에 맡기자.

7개월차
앞머리 전체가 그레이 헤어로!
6개월이 지나고 다시 한 번 머리를 잘랐다.
앞머리에 염색했던 부분이 전부 잘려나갔다. 이때,
남은 인생은 흰머리로 살아가자는 결심이 확고해졌다.
역시 그레이 헤어, 나쁘지 않군.

없었다. 하지만 이 자리는 내 겉모습이 아니라, 내 이
4기로 넹사받은 자리. 이벤트가 끝난 뒤 내게 말을
걸어오는 대부분의 사람들은 내 흰머리와 관계없이
강연 내용 그 자체에만 집중해, 열정적으로 질문을
쏟아냈다. 당연한 일이지만 내 머리칼이 흰지 검은지
는 그다지 중요하지 않다는 걸 깨달았다. 열등감에
빠져 초조해했던 내가 부끄러웠다.

그 뒤로도 일 때문에 얼굴을 내밀고 취재에 응하
거나 SNS에 사진을 올릴 일이 늘었다. 이런 식으로
기회가 많아지면 어쩔 수 없이 또 그레이 헤어에 적
응을 하게 된다.

봄이 되고도 강풍이 불던 어느 날, 새로운 소품을
추가로 활용하기 시작했다. 버블경제 시대 때 모아뒀
던 스카프로 머리를 묶거나 폭이 넓은 헤어밴드처럼
활용하면 세련된 분위기를 낼 수 있을 거라고 해서
시도해봤다. 이목구비를 바꿀 순 없더라도 최소한 분
위기 좋은 여자가 되고 싶어서 발버둥 치는, 실로 노
력이 가상한 날들의 연속이었다.

7개월차
셀프 촬영한 사진 느낌이 어딘가 달라졌다
그레이 헤어 관련 블로그를 위해 자주 찍는
셀프 사진. 이즈음부터 미소 지으며 정면을
응시한 사진이 늘었다. 독한 약으로 물들이는 걸
멈춰서인지 피부 상태도 좋아졌다.

7개월차
80명 앞에서 연설을 하다
업무 관련 이벤트로 대중 앞에 섰다. 연설하기
직전까지 모자를 쓸까 고민했지만, 그레이 헤어
상태로 단상에 올랐다. 흰머리 부분을 오히려
하이라이트 염색으로 착각한 청중도 있었다.

8개월차
스카프가 흰머리를 가리는 용도로 활약
7개월째에 돌입. 흰머리를 가릴 겸 꽃샘추위도 대비할 겸
스카프를 헤어밴드처럼 자주 활용했다. 오래전에 모아뒀던
스카프가 지금에서야 제 역할을 하다니. 귀를 살짝 가려주면
더 센스 있는 스타일 완성.

• 1년간 그레이 헤어로 기르기

9개월차
그레이 헤어에 그레이도 나쁘지 않은 선택
흰머리가 되면 예전에 입던 옷들이 다 안 어울릴 것
같았는데, 의외로 어떤 색이든 다 잘 받는다는 걸
실감했다. 평소 애용하던 숄도 두를 수 있어서 한숨
돌렸다.

9개월차
각양각색의 머리칼 컬러를 즐기다
8개월째를 눈앞에 두고 있던 어느 날, 좌우
비대칭 길이로 머리를 손질했다. 블루
매니큐어를 넣으니 염색이 남은 부분의 컬러와
묘하게 섞여 그린이 되었다.

10개월차
흰머리가 적어서 고민?
겉은 그렇다 치더라도 머리 안쪽 부분에
흰머리가 더 많은 나. '이 정도 시간이 지났으면
겉 부분에 흰머리가 좀 늘었으면 좋겠는데
말이야'라는 이전과 정반대의 고민이 생겼다.

내 본연의 것인 그레이 헤어가
내게 어울리지 않을 리 없지!

흰머리 염색을 그만두고 두 달이 지난 어느 날, 헤어숍에 가는 길이었다. 흰머리가 근사해 보이려면 적당한 윤기나 부지런한 헤어 손질이 필요한 법이다. 특히 기르는 도중에는 헤어 컬러가 달라 이것을 이해하는 헤어디자이너가 있는 숍에서 전문가의 손질을 받는 편이 모양새가 좋다.

어린 친구들이야 염색이나 탈색을 한 뒤 뿌리 부분이 자라나 투톤이 되어도 귀엽게 웃어줄 수 있지만, 늘어난 흰머리가 뒤덮여 후지산 정상처럼 보이는 중년 여성이라면? 제대로 매력을 어필하지 않으면 스스로가 괴로워 견딜 수 없을 것이다.

10개월 무렵에는 자라난 흰머리 부분과 남은 갈색 부분이 딱 반반이었다. 그 상태로 헤어숍에 갔을 때 담당 디자이너는 남은 부분을 잘라내자고 제안했다. 남은 갈색 부분을 잘라낸 뒤 그레이 헤어로 바뀐 나와 대면했다. 전체가 다 그레이 헤어로 바뀌면 엄청 감동하겠지? 분명 그렇게 상상했지만, 실제로는 그저 담담했다.

세 갈래로 땋은 그레이 헤어로
시선을 끌다
머리 안쪽에 난 흰머리가 눈에
띄도록 스타일링하면서 이 시기를
잘 보내기 위한 선택. 종종 길어진
옆머리를 세 갈래로 땋곤 했다.
그렇게 흰머리로 기르다 10개월이
됐을 무렵, 남은 염색 부분을 말끔히
잘라 쇼트 커트로.

12개월차
10년 전의 나와 지금의 나
마지막 염색 이후 정확히 1년이
지났다. 그레이 헤어가 되고 갱신한
새로운 운전면허증. 나이는 열 살 더
먹었지만, 10년 전의 나보다 어쩐지
경쾌해 보이는 인상이다.

염색하지 않고 1년 후
그레이 헤어에는 미소가 잘 어울려
호의적으로 말을 걸어주는 사람이 있는 반면,
부정적인 얘기만 퍼붓는 사람도 있다. 확률은
50 대 50. 다시 말해, 세상의 절반은 당신 편이다.
가슴을 쫙 펴고 웃으며 걸어가기를.

자연이 선물해준 나의 그레이 헤어는 내 얼굴, 분위기와 무척 잘 어울렸다. 인공적인 색으로 염색하던 때의 나보다 지금의 모습이 더 좋은 건 당연한 일이다. 이 머리와 함께 인생의 후반전을 어떻게 살아가면 좋을까?

앞으로 펼쳐질 길이 가시밭길인지 평탄한 길인지 알 수 없지만, 나에게는 흰머리로 기르는 동안 훈련한 단단한 마음과 내게 주어진 길로 나아갈 용기가 있다. 앞으로도 나는 가슴을 펴고 당당하게 걸어 나아갈 것이다.

※ '흰머리 기르기 프로젝트'를 즐기는 ──────────
세 가지 조건

하나, 가족이나 헤어디자이너, 단 한 명이라도 좋으니 아군을 찾아라.

둘, 도저히 정리가 안 되는 시기에는 모자 스타일을 즐겨라.

셋, 타인의 시선 중 절반은 '와, 저 사람 멋있다!'로 해석하라.

• 1년간 그레이 헤어로 기르기

PART 3

GREY HAIR BEAUTY

그레이 헤어라서 더 잘 어울리는
패션 & 메이크업

혹시 흰머리가 늘어나서
'예전처럼 멋을 낼 수 없게 되었어'라고 생각하고 있나요?
사실은 그레이 헤어이기에 즐길 수 있는 패션&메이크업 스타일이
따로 있습니다. 뷰티 전문가들에게 그레이 헤어를 위한
조언을 들어봤어요. 적극적인 도전으로 지금까지와는 다른
새로운 멋의 세계, 새로운 '나'를 발견해보세요.

그레이 헤어 패션 & 메이크업에
도전한 여성들의 대변신

그레이 헤어를 살린 패션이나 메이크업에 도전한
네 명의 여성들을 소개한다.

뷰티 어드바이스 겐모쓰 유코

미술대학을 졸업한 뒤 그래픽디자이너로 일했다. 헤어&메이크업 아티스트 아라이 다케오 씨의 매니저로 이직하며 헤어 메이크업 어드바이저로도 활동을 시작했다. 퍼스널 헤어 메이크업 레슨, 전통복장에 어울리는 헤어 메이크업 세미나, 포트레이트[17] 촬영회 등을 기획해 선보였다. 하나모토 씨, 아라이 씨와 함께 열었던 세미나가 '여성의 아름다움을 최대치로 끌어낸 강연'으로 호평을 받았다. 흰머리 염색을 그만둔 지 반년째.

패션 어드바이스 하나모토 유키에

주식회사 월드(world)에서 경력을 쌓은 뒤 독립, 프리랜서 스타일리스트, 패션 코디네이터로 폭넓게 활동하고 있다. '나이 듦은 굉장히 멋진 일'이라는 신념으로 여성들을 지지하는 데 힘을 쏟는다. 자신의 경험을 살린 그레이 헤어 패션 노하우를 같은 세대의 여성들에게 제안하는 '그레이 헤어 세미나'도 개최. https://plusphilosophy.tokyo

"조금씩 흰머리가 늘어가는 변화의 순간을 즐기고 있어요."

염색을 그만둔 시기 1년 전쯤.

계기 3주에 한 번씩 염색을 하는 게 번거로웠다. 우연히 어떤 인스타그램 계정에서 그레이 헤어를 살려 밝은 회색 빛깔로 염색한 롱헤어 스타일의 한 여인을 보고 '이거다' 싶었다. 그러곤 '아들 결혼식만 끝나면 더는 염색하지 않겠어'라고 선언한 뒤 실행에 옮겼다.

주변 반응 가족은 아무도 반대하지 않았다. 현재 내 흰머리를 보고 위로를 건네는 지인도 간혹 있지만, 정작 나는 흰머리가 길어서 점점 그레이 헤어로 바뀔 내 모습을 기대하고 있다. 어쩌다 스치는 사람들이 내 머리를 힐긋 쳐다봐도 아랑곳하지 않는다.

쓰카다 게이코 • 57세

새로운 나 염색을 할 때는 새로 자라는 뿌리 부분의 흰머리가 눈에 띄어서 즐겨하는 올림머리를 할 수 없었다. 지금은 흰머리, 검은 머리의 컬러 대비가 확실한 올림머리를 자랑스럽게 여긴다.

멋내기의 변화 외출할 땐 아이 메이크업에 힘을 주고, 큰 귀고리를 자주 착용한다.

"몇 번의 실패 끝에 드디어 흰머리 염색을 멈췄어요."

야마나카 리쓰코 • 45세

흰머리가 눈에 띄기 시작한 시기 중학교 때부터 보이던 새치가 이십 대 중반이 되자 갑자기 확 늘었다.

실패담 쭉 염색을 했었지만, 삼십 대 중반에 이제 그만둬야지 싶어서 몇 번인가 탈 염색을 시도했다. 하지만 검은 머리와 새로 난 흰머리가 만들어낸 투톤은 가히 충격적이었다. 아이를 유치원에 보낼 때, 다른 엄마들의 시선이 신경 쓰여서 번번이 실패했다.

염색을 그만둔 시기 42세. 아이 초등학교 입학을 기점으로 결심했다.

성공담 몇 번의 실패를 교훈 삼아, 컬러 트리트먼트로 적당히 물을 들여가며 차츰차츰 흰머리로 바꿔갔다.

그레이 헤어라서 다행인 점 '슬슬 때가 왔다', '언제쯤 염색하지?' 등의 고민이 사라졌다. 나이 들어 보이기 싫어서 이런저런 활동을 시작했는데 덕분에 성격이 활발해졌다. 전체적인 맵시에도 신경을 쓰게 됐고, 흰머리 미인을 목표로 블로그(grayhair.tokyo)도 개설했다.

"마흔여덟 번째 생일을 기념으로 큰맘 먹고 결정!"

고기리 아케미 • 48세

흰머리가 눈에 띄기 시작한 시기 삼십 대 후반. 카페에서 일할 때 '저 손님이 내 흰머리를 쳐다보고 있는 건 아닐까?' 걱정할 정도로 예민해져서 뿌리 부분이 조금만 하얗게 올라와도 곧장 염색을 했다.

염색을 그만둔 시기 만 48세가 된 작년 생일. '노화를 숨기면서까지 나와 주변 사람들을 기만하지 말자. 있는 그대로의 나를 받아들이자. 그러기 위해 뭐든 해봐야지! 오늘은 생일이기도 하고!'라고 외치며 흰머리 염색을 끝냈다.

주변의 반응 남편과 아들 둘도 적극 찬성. 일터에서는 일부러 머리를 올백으로 넘겨봤다. 덕분에 '와~ 잘 어울려!'라며 말을 걸어오는 손님도 있었다. 십 대나 동세대, 윗세대 등 가릴 것 없이 호의적으로 대해줘서 인간관계가 더 넓어졌다.

그레이 헤어라서 다행인 점 오픈 마인드가 되면서, 내가 행복해야 주변도 행복해진다는 사실을 깨달았다.

"몇 살이 되더라도 내 머리칼을 소중히 하고 싶어요."

유리카 • 56세

염색을 그만둔 시기 52세.

계기 염색을 하고 나면 가끔 두피가 가렵고, 2주가 지나면 바로 흰머리가 나서 눈에 띄는 게 스트레스였다. 지금껏 염색을 해왔기 때문인지 모발이 전체적으로 가늘고, 발모제와 가발까지 사용하고 있는 엄마를 보니 위기감이 들었다. 같은 회사에 당당하게 흰머리로 출근하는 육십 대 여자 선배가 있는데 그녀의 소개로 그레이 헤어에 도전한 여성들의 블로그를 보고 자극을 받았다.

주변의 반응 가족은 모두 긍정적이었다. 반년 전, 2년 만에 고향집에 갔더니 친구들도 '멋지다' '부분 염색인가 싶었어'라며 칭찬해줬다. 하지만 지방은 보수적인 편이라서, 나이 드신 분들은 더러 놀라고 재차 뒤돌아보는 경우도 있었다. 염색하는 게 예의라는 인식이 도시보다 강하다는 걸 실감했다.

앞으로 아직 흰머리로 바뀌가는 중이다. 빨리 전부 하얗게 바뀌었으면 좋겠다.

팬톤 컬러도 거뜬히 소화하는
그레이 헤어만의 코디 마법

나는 여성들에게 종종 "흰머리 염색을 멈추면 외국인이 되는 거예요"라고 설명한다. 다시 말해 그레이 헤어가 되면 플래티넘 블론드나 그레이 계열의 머리칼을 가진 서양 여성들처럼 멋을 낼 수 있어서 나름의 즐거움이 생긴다는 것. 지금껏 패션을 제대로 소화하지 못했던 사람들도 난해한 팬톤 컬러의 옷마저 잘 어울리게 된다. 게다가 어떤 컬러의 옷이라도 값비싼 제품처럼 보이게 하는 것이 그레이 헤어의 크나큰 매력. 다양한 컬러 모험으로 새로운 맵시에 눈을 뜨길 바란다. (하나모토 씨)

내추럴 컬러를 좋아하는 나   스커트 컬러를 바꿔봤어요

팬톤 컬러 패션이 망설여진다면 보텀 아이템에 주목해보자. 산뜻한 오렌지 핑크도
롱스커트로 매치하면 거부감 없이 소화할 수 있다. "이런 컬러의 롱스커트는
처음이에요. 그레이 헤어에 정말 잘 어울리네요." (고기리 씨)

모노톤 옷을 즐겨 입는 나　　　　　새로운 톤의 카디건 룩으로

검은 머리칼에 매치하면 지나치게 튀어 보이는 로즈 컬러 카디건. 그레이 헤어라면
이처럼 여성스러우면서도 고상함이 묻어나게 코디할 수 있다. "평소에는 모노톤의
옷을 주로 입는데, 이것도 새롭네요. 얼굴이 더 화사해진 느낌이에요." (쓰카다 씨)

1 베이직한 그레이 컬러 원피스에 블루 계열의 니트나 숄을 코디하기. 이런 선명한 컬러를 센스 있게 소화하도록 해주는 게 그레이 헤어의 매력이다.
2 검은색 카디건 위에 파스텔 톤의 숄을 두르면 인상이 한결 밝아 보인다. 여기에 브로치 장식까지 달아주면 화사한 분위기가 배가 된다.

과감한 백에 도전

한 단계 높은 캐주얼 스타일을 추구하고 싶다면 장난스러운 느낌의 작은 소품을 활용해보자. 크기가 큰 토트백은 무난하거나 평범한 스타일을 피하고, 오히려 통통 튀는 컬러나 디자인 요소가 재미있는 물건을 고른다. 이런 과감함으로 개성 있는 스타일 완성!

스카프로 얼굴빛을 화사하게

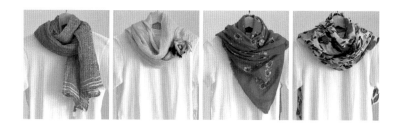

팬톤 컬러 초보자는 스카프 아이템으로 첫 도전을! 목 부분에 살짝 두르기만 해도 이미지가 확 바뀐다. 옷장 속에 묵혀뒀던 스카프들을 지금 당장 꺼내서 코디해보길.

스카프의 컬러나 무늬를 보고 '이런 건 나랑 안 어울려'라며 머릿속으로 계산하지 말고, 거울 앞에 서서 직접 체크해보자. 화사한 색깔, 다양한 컬러가 섞인 독특한 디자인, 과감한 무늬 등의 제품이라도 현재 그레이 헤어인 당신에게는 더없이 잘 어울릴지도 모르니까. 입고 있는 옷과의 조화, 매듭의 모양 등을 신경 써서 스카프의 멋을 충분히 활용하면 좋다.

포인트가 되는 패션 소품!
강렬한 컬러의 부자재로
직접 만들어보기

성숙한 멋을 즐기고 싶다면 지금의 자신을 객관적으로 파악한 뒤에 모험해보자. 젊어 보이려고 꾸미는 것과 달리, 나이에 걸맞은 자연스러운 멋이나 고상함을 드러낼 필요가 있다. 여기서 놓치지 말아야 할 게 있다면 색이나 디자인에 힘을 실은 작은 소품. 통통 튀는 개성 만점의 백, 피부 톤이나 표정을 더 생기 있어 보이게 하는 스카프나 액세서리, 그레이 헤어라서 도전해볼 수 있는 헤어밴드 등 센스가 돋보이는 소품을 찾아보자. (하나모토 씨)

여러 가지 컬러가 가미된 헤어밴드도
직접 머리에 둘러보면 의외로 잘
어울린다. 선입견을 버리고 다양한
디자인의 헤어밴드에 도전해보길.
"그레이 헤어와 검은 머리칼의 경계를
살짝 가려줘서 좋았어요."(유리카 씨)

머리를 말끔히 하나로 묶은 뒤 선명한
레드 컬러의 귀고리와 목걸이로 마무리.
이런 스타일링은 얼굴이 한결 환해
보이게 한다. 피부가 새하얘 보이는 것도
뒤따라오는 효과.

헤어밴드나 스카프를 이용해 화사한 분위기, 개성 있는 패션을 완성할 수 있다. 설령 큰맘 먹고 도전한 컬러나 무늬의 소품이어도 그레이 헤어라면 우아하게 소화 가능.

목걸이 하나로 다섯 살 어려 보이게

1 비비드 컬러의 목걸이는 한 줄만으로도 위력을 발휘하지만 두 줄을 겹쳐서 사용하면 그 힘이 배가 된다. 잘 어울리는 두 가지 컬러의 목걸이를 착용하면 화사한 분위기가 얼굴빛마저 밝혀준다.

2 공들인 디자인의 목걸이를 목에 두르고 밝고 멋스러운 표정을 지어보자. 흰 티셔츠에 청바지 같은 캐주얼 스타일과 매치하면, 보다 현대적이면서도 새로운 감성의 코디가 완성된다.

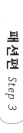
블링블링한 소품은
'최대한 얼굴 가까이'로 가져가는 게 정석

누구나 나이가 들수록 피부가 칙칙해진다. 이삼십 대와 같은 방식의 코디를 택하면 문제점만 여실히 드러날 뿐, 칙칙함을 감출 길이 없다. 이점을 염두에 두고 대책을 세우자. 먼저 외출할 때 고른 옷에 액세서리나 주얼리로 '반짝임'을 곁들인다. 이때 소품은 최대한 얼굴 가까이로 가져가 '블링블링'한 분위기를 더하는 게 포인트. 브로치나 귀고리를 충분히 활용하자. (하나모토 씨)

반짝이는 소품을 코디해 블링블링한 느낌을 더하려면 아이템을 최대한 얼굴 가까이로 가져가는 게 원칙. 브로치라면 쇄골 근처가 적당하다. 가슴 쪽에 달면 효과도 절반이 되어 오히려 촌스러워 보인다.

나이에서 오는 피부의 칙칙함을 다운시키고 싶다면 빛이 나는 액세서리나 주얼리에
주목해보자. 목걸이와 브로치를 적극 활용하는 방법을 추천. 디자인을 잘 보고
골라서 자신에게 어울리는 연출을 하는 게 중요하다.

그레이 헤어에 매치할 액세서리나 주얼리라면
번쩍번쩍한 게 아닌, 우아하면서도 소소한
광택이 나는 게 어울린다. 예를 들면 진주의
차분한 빛깔은 기품과 품위를 끌어낸다. 빈티지
액세서리도 소화하기 좋은 아이템이라는
사실을 기억해두길.

이제껏 액세서리나 주얼리를
활용해본 경험이 거의 없었다
하더라도, 그레이 헤어가
되면 이런 스타일의 맵시를
받아들이자. 작아도 존재감 있는
반짝이는 소품은 코디의 격을
한층 높이고, 중후한 여성의
기품을 도드라지게 한다.

흰색 셔츠는 제구실을 다하는 아이템
거뭇해진 피부 톤을 화사하게!

그레이 헤어 세대는 반드시 흰색 셔츠의 코디 센스를 완벽히 익혀두자. 원래 흰색 셔츠는 스타일링의 빠질 수 없는 조력자. 착장 어딘가에 '화이트'를 더하면, 패션의 마무리가 훨씬 수월해진다. 그중 흰색 셔츠는 빛을 반사하는 촬영용 반사판 역할을 대신 해준다. 그러니 얼굴의 거뭇한 기운이 사라지고 전체적으로 밝고 화사해 보일 수밖에. 그레이 헤어＋흰색 셔츠＋블링블링한 액세서리의 조합은 세련미를 높이는 필수 패션 아이디어 중 하나다. (하나모토 씨)

중년 여성의 매력을 뽐내고 싶다면 가슴 쪽이 깊게 파인 흰색 브이라인 셔츠를 적극 활용하자. 소매도 러프하게 걸어 올려 손목이 보이게 한다. '두 군데의 목(首)을 드러내는 것'이 전체적으로 맵시 있어 보이는 비결이다. "이렇게 하면 헐렁한 옷도 부해 보이지 않게 코디할 수 있어요."(유리카 씨)

심플한 흰색 셔츠는 어떤 목걸이를 매치하느냐에 따라 완전히 다른 표정을 보여준다.
인상적인 색이나 디자인의 목걸이를 브이라인의 안쪽 혹은 바깥쪽으로 착용해보자.
길이가 긴 목걸이는 세로로 라인을 형성하기 때문에 스타일링의 완성도를 높여준다.

• 패션편

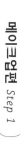

빨간색 립스틱이
어느 때보다 잘 어울리는 나이

립 컬러도 지금까지와는 다른, 새로운 컬러에 도전할 수 있어서 행복하다. 그레이 헤어의 경우, 베이지 계열의 립 컬러를 바르면 인상이 평이해 보일 우려가 있지만, 선명한 컬러를 택하면 우아하면서도 화사한 이미지를 연출할 수 있다. 특별히 더 잘 어울리는 컬러는 레드. 그레이 헤어를 더욱더 돋보이게 하는 '나만의 레드'를 발견해보자. (겐모쓰 씨)

얼굴을 환해 보이게 하는 레드

밝은 레드 컬러의 립스틱을
바르면 피부 톤이 더 환해 보인다.
어느 정도 매트한 질감이어서
번지지 않는 점도 특징.
립 브러시를 이용해 립스틱을
입술 윤곽에 따라 그린 뒤
빈 곳을 발라 채운다.

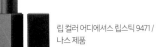

립 컬러 어디에서스 립스틱 9471 /
나스 제품

'로즈 레드'라는 이름이 붙은,
안정감 있게 검붉은 빛깔의
레드 립스틱. 촉촉한 타입을
선호하는 여성들에게 인기.
안나수이 립스틱 F 400 안나 로즈 레드
/ 안나수이 코스메틱 제품

고혹적이면서도 산뜻한
러시안 레드는 그레이
헤어와 잘 어울린다.
부드럽고 매트한 질감을
기대할 수 있다.
러시안 레드 립스틱 / 맥 제품

● 메이크업 편

립 컬러 루즈 루부탱 001S /
크리스찬 루부탱 제품

이목구비가 또렷한 스타일이라면

붉은 기운을 어느 정도 누그러뜨린 레드를 추천한다. 우선 립스틱을
손가락에 묻혀 가볍게 두드리듯 펴 바른다. 그런 다음 립 브러시로
입술 윤곽을 그려가며 마무리하는 게 기술.

브라운이 조금 섞인 진한 레드 컬러. 조금은 차분한 분위기를
내고 싶을 때 활용하면 좋다.
루즈루즈 RD555 / 시세이도 제품

립글라스 루비우 /
맥 제품

그레이 헤어와 극명한 대비가 매력

주홍빛이 섞인 어두운 레드 컬러 립글로스는 발색이 좋고, 단번에 눈길을
사로잡는다. 조금 튀는 감은 있지만 품위 있는 아름다움이 느껴지고,
그레이 헤어와의 대비도 탁월하다.

글리터링 립글로스는 발색이 좋은 게 장점. 특히 비비드 계열의 레드는
피부의 칙칙한 기운을 싹 잡아주는 화사한 색감을 자랑한다.
안나수이 글리터링 립글로스 400 주얼 레드 / 안나수이 코스메틱 제품

락커루즈 RD413 /
시세이도 제품

주홍빛에 가까운 레드는 동양인의 피부 톤에 딱!

동양인의 피부에 잘 맞아 자주 매치하는 주홍빛 레드는 심플한 옷이나
헤어스타일에 효과적인 포인트가 된다. 입술 윤곽을 잘 그려줄 것.

왼쪽부터 골드 펄이 들어간 피치 핑크, 투명도가 높은 주홍빛 계열의 레드,
농염한 레드, 발색이 좋은 와인 레드.
(왼쪽부터) 립글로스 N1671, 립글로스 N1666, 새틴 레드 립 펜슬 9207,
새틴 립 펜슬 9206 / 모두 나스 제품

돋보이는 피부 광택과 은은한 치크로
자연스러운 동안 메이크업 연출

그레이 헤어와의 어울림을 생각하면 베이스 메이크업은 윤기를 더하면서 내추럴한 피부 톤을 강조할 필요가 있다. 파운데이션을 두껍게 바르는 것은 절대 금물. 신경 쓰이는 기미나 잡티는 컨실러로 커버하고, 파우더 타입의 파운데이션으로 가볍게 발라 마무리한다. 입체감이나 리프팅, 얼굴을 작아 보이게 하는 효과 등은 페이스 컬러를 활용한다. 치크를 넣어 건강하고 생기 있는 이미지를 더하는 것도 잊지 말 것. (겐모쓰 씨)

• 메이크업편

STEP 1 눈 가장자리,
눈 주변, 콧등 옆 입꼬리
주변 등 칙칙한 부분과
잡티를 스틱 컨실러로
커버. 미세한 펄이 들어간
컨실러를 점을 찍어주듯
톡톡 피부 위에 바르고,
손가락이나 붓으로 얇고
균일하게 펴 바른다.
에리어 파운디커버(SPF28·PA++) /
후로후시 제품

피부 결점을 커버하는 노하우!
컨실러의 섬세한 사용법

컨실러를 적절하게 활용할 거라면 파운데이션은 얇게
발라도 좋다. 눈에 띄는 기미나 잡티 등은 컨실러
3 STEP 과정으로 완벽하게 커버 가능하다.

STEP 2 특별히 신경 쓰이는
기미나 잡티 부위에 컨실러를
한 번 더 발라준다. 스틱으로
바른 뒤 브라이트닝 효과가 있는
피부 톤 크림을 덧바른다.
5IN1 BB크림 아이섀도(SPF15·PA++) /
베어미네랄스 제품

STEP 3 기미와 잡티, 다크서클 등을 완벽히 감추기 위한 마무리
컨실러. 팔레트 타입으로 자신의 피부 톤과 같은 색상의 컨실러를
만들어 신경 쓰이는 부분을 커버한다. 자연스럽게 본래 피부 톤과
어우러지면 완성.
크리에이티브 컨실러 EX(SPF25·PA+++) / 입사 제품

파운데이션은 브러시로 얇게

파운데이션은 미세한 결에 빛을 반사하는 파우더 타입을 사용한다. 브러시로
뭉치지 않게 펴 발라 가볍게 완성한다. 얼굴 중 옴폭 들어간 부분도 꼼꼼하게
바르는 게 포인트.

바르는 순간 촉촉함이 느껴지는 미네랄 파운데이션을
추천한다. 오른쪽의 브러시를 잡티 부분에 올려 가볍게
굴려주듯 바르면 윤기와 투명도가 상승한다. 여기에 피니싱
파우더를 가볍게 발라 반짝이는 펄 효과를 더한다.
(왼쪽부터) 미네랄 베일 L, 오리지널 파운데이션(SPF15·PA++), 뷰티풀
피니시 브러시 / 모두 베어미네랄스 제품

• 메이크업편

치크의 노하우!
위 쪽으로 써 바르기

혈색 좋은 자연스러운 피부
톤을 만들 때 치크는 빠질
수 없는 기법이다. 리프팅
효과를 내려면 볼의 가장 높은
부분보다 한 단계 위인 광대뼈
위쪽부터 바르는 게 포인트.

페이스 컬러 팔레트의 치크 컬러를 활용한
다. 제품에 딸려 있는 브러시의 긴 쪽을 사
용해 볼부터 눈꼬리 옆, 관자놀이 순으로
바른다. 파운데이션 컬러는 자신의 피부
톤과 잘 어울리는 색깔을 찾을 것.
디자이닝 페이스 컬러 팔레트 102PK / 입사 제품

하이라이트

치크

셰이딩

퍼펙팅 컬러

하이라이트
미간과 콧등, 턱에 넣어준다.

퍼펙팅 컬러
눈꼬리 밑 가장자리와 콧날을 따라 퍼펙팅 컬러를 넣어준다.

치크
볼의 가장 위쪽보다 조금 더 올라간 광대뼈 부분부터 눈꼬리를 지나는 관자놀이 방향으로 가볍게.

페이스 셰이드
얼굴을 마름모꼴로 상상했을 때, 바깥쪽에 해당하는 네 군데에 셰이드를 넣는다.

노즈 셰이드
눈썹 앞부분부터 코 라인을 따라 가볍게 터치.

셰이딩
콧방울과 인중, 입술 아래 옴폭 들어간 부분 순으로.

주로 얼굴 위쪽에 넣어준다. 밝게 보였으면 하는 부분에 펄이 섞인 제품으로 하이라이트 혹은 퍼펙팅 컬러 효과를 준다. 치크는 큰 브러시를 사용해 은은하게 넣고, 관자놀이 방향으로 가볍게 여러 번 터치해 덧바른다.

얼굴에 음영을 넣어 입체감을 주면 얼굴이 작아 보이는 효과가 난다. 우선 얼굴을 마름모꼴로 상상하면, 바깥쪽에 해당하는 부분에 가장 짙은 컬러로 셰이드를 넣는다. 사진에 표시된 것처럼 얼굴의 옴폭 들어간 부분까지 신경 쓰되, 너무 지나치지 않도록 주의한다. 거의 보이지 않을 정도로 약하게 넣을 것.

입체감과 자연스러운 혈색을 연출하고, 리프팅 및 얼굴이 작아 보이는 효과를 살리고 싶다면 페이스 컬러 팔레트가 유용하다. 투명도를 높이는 것은 물론 자연스러운 발색이 가능하고, 다양한 컬러를 만들어낼 수 있는 것도 장점.
디자이닝 페이스 컬러 팔레트 101PK / 입사 제품

• 메이크업편

이때다 싶은 순간!
눈에 힘을 싣는다

그레이 헤어 세대는 덧셈 방식의 풀 메이크업보다 단계를 덜어낸 자연스
러운 메이크업이 우아함을 더 돋보이게 한다. 마지막 화룡점정은 아이
메이크업. 이 부분은 절대 포기해서는 안 된다. 부드러운 타입의 펜슬 아
이라이너로 속눈썹 아래 점막을 채워주면 아이섀도를 사용하지 않고서
도 눈이 선명하고 또렷해 보인다. 이어서 속눈썹에 마스카라를 칠해주면
완성. (겐모쓰 씨)

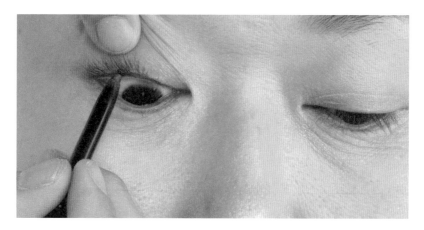

속눈썹 밑, 점막에 아이라인을

아이라인은 위쪽 속눈썹 아래의 점막 부분에 그려 넣는다. 속눈썹이 끝나는 눈꼬리 가장자리까지 채우기를 추천한다. ⌐ 부분은 소금 위도 향하게 그린다는 느낌으로 칠하고, 번진 부분을 면봉으로 정리해 마무리.

부드럽고 휴대하기 좋은, 게다가 잘 번지지 않는 펜슬 아이라이너를 사용. 그레이 헤어를 고려하면 색은 블랙보다 차콜 그레이 혹은 브라운 계열이 적당하다.

라스팅 라인 롱 웨어링 아이라이너 (왼쪽부터) 엔드리스 오키드, 올웨이스 차콜, 이터널 브론즈 / 베어미네랄스 제품

아이브로 색상도 그레이 혹은 브라운 계열로 고른다. 눈썹 전용 팔레트 의 경우에는 전체에 내추럴 브라운(오른쪽 위)을 바르고, 눈꼬리는 다크 브라운(왼쪽 위)으로 마무리. 오렌지(왼쪽 아래) 컬러는 전체에 가볍게 펴 발라 포인트만 준다.

아이브로 크리에이티브 팔레트 / 입사 제품

• 메이크업 편

그레이 헤어 관리의 핵심!
윤기와 볼륨을 잡아라

그레이 헤어는 머릿결에 윤기와 볼륨이 없으면 실제 나이보다 더 들어 보이는 결과를 초래한다. 볼륨을 살리려면 모발 뿌리에 힘을 실어주는 바디파마를 말거나 스타일링할 때마다 수고로움을 마다하지 않아야 한다. 전문가용 미용도구를 활용해 스타일링하면 볼륨을 살리면서 헤어 케어도 가능해 일석이조. (겐모쓰 씨)

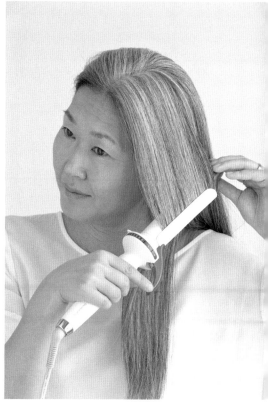

모발 뿌리 부분을
드라이해 볼륨 업!

나이가 들수록 머리칼은 가늘어지고
볼륨도 사라진다. 스타일링할 때
머리칼을 손으로 잡고 두피부터
수직 방향으로 잡아 올려 뿌리
부분에 드라이어로 열을 가하면
볼륨을 살릴 수 있다.

모발을 잡아 쓸어내리면
윤기와 촉촉함이 더해진다

모발이 촉촉해지고 표면의 큐티클이
말끔히 정돈되어 찰랑찰랑 윤기 있는
그레이 헤어가 완성. 좋은 인상을
남기기 위해 스타일링의 마무리에 이와
같은 수고로움을 더할 필요가 있다.

• 헤어편

흰머리 기르기의 스트레스를 줄여줘요!
'그레이 헤어로의 전환'을 응원하는 헤어숍들

"염색을 그만두고 싶다고 말하면 담당 헤어디자이너가 반대해요."
이런 비슷한 경험을 해본 적이 있는가?
하지만 요즘은 그레이 헤어로 바꾸고 싶다는 고객의 의견에
동의하고 도와주려는 숍도 늘었다. 진정한 프로라면
커트나 염색, 헤어 케어 등 다양한 기술과 전문 지식으로
고객의 고민을 해결해주는 게 당연지사. 그레이 헤어로 가는 과정,
홀로 서서 고민하기보다 경험이 풍부한 전문가의 손을
빌려보는 것은 어떨까.

애시 계열 컬러를 넣어 머릿결 질감에 변화를 주다

야스다 아쓰코 *age: 58*

헤어숍의 스타일링 포인트

야스다 씨의 매력은 중년 여성의 귀여움이에요. 앞머리는 짧게 자르고, 전체적으로는 머릿결 고유의 웨이브를 살려 커트하려고 신경 썼어요. 지금의 헤어 컬러는 그레이 헤어와의 어울림을 생각해 페일 옐로나 세피아 브라운[18]을 조금 섞어서 머릿결 질감에 변화를 준 거예요. 머릿결에 생기가 있어 보이려면 컬러 조합이 매우 중요한데, 그레이 헤어만으로는 딱히 강약이 없어서 다른 컬러를 넣는 쪽으로 제안하고 있어요.

야스다 씨의 코멘트

흰머리를 검은색으로 물들이던 때에는 3주에 한 번꼴로 염색을 했어요. 그레이 헤어로 바꾸려고 마음먹은 건 5년 전. 남편은 관리 안 해서 오히려 초라해 보일 거라고 걱정 섞인 말을 했지만, 담당 헤어디자이너인 데쓰카 씨는 우선 2센티미터 정도만 길러보자는 제안을 하더군요. 그때부터 헤어 전체를 밝은 톤으로 바꾸고 천천히 그레이 헤어로 머리를 길러서 나중에는 남편도 축하해줄 정도로 잘 마무리되었어요. 커트도 염색도 믿고 맡길 수 있었답니다.

블루를 섞어서 시크한 스타일로

오시모토 가모투 *age: 54*

헤어숍의 스타일링 포인트

오시모토 씨의 그레이 헤어는 하얀 부분과 검은 부분의 경계가 꽤 명확해요. 그 부분을 눈에 잘 띄지 않게 하기 위해 섬세한 위빙 기법*을 활용해 블루 계열의 컬러를 넣었어요. 블루 계열로 염색하면 흰머리가 오히려 노란 빛깔을 띠게 되면서 검은 부분과 대비가 좋아져요. 그래서 전체적으로는 입체감 있는 헤어스타일링이 완성. 오시모토 씨의 이목구비와도 잘 어울리는 시크한 분위기를 연출하려고 애썼답니다.

※**위빙 기법** : 머리카락 뭉치를 가닥가닥 나눠 잡은 뒤 그 가느다란 줄기마다 약품을 발라 염색하는 기술.

오시모토 씨의 코멘트

4년 전까지만 해도 염색을 했었지만, 지인이 이 헤어숍을 소개해줘서 꼭 그레이 헤어로 바꿔봐야겠다는 마음을 먹게 됐어요. 막상 결심하고 시작은 했지만, 처음에는 어떤 식으로 머리를 바꿔가야 할지 불안하기만 했죠. 로우라이트(low light)* 컬러를 넣어서 그레이 부분을 눈에 덜 띄게 하는 등 여러 가지 대책을 고민해줬어요. 이제는 2개월에 한 번 커트를 하고, 4개월에 한 번꼴로 컬러를 넣는 식으로 주기가 잡혔어요. 4개월 동안 색이

변해가는 과정도 즐기고 있습니다.

※ **로우라이트** : 기본 모발 색보다 어두운 컬러 제품을 머리카락 가닥 혹은 뭉치에 발라 물들이는 방법을 의미하며, 염색한 부분 자체를 '로우라이트'라 부르기도 한다. 그레이 헤어에 로우라이트를 넣으면 전체적으로 모발의 입체감이나 머릿결 상태가 좋아진다. 반대로 하이라이트는 기본 머리칼 색보다 밝은 톤으로 포인트를 주는 기법.

Salon 1   TANGA NILLA OLIVE 탕가 닐라 올리브

그레이의 구세주!
입소문만으로 손님을 모은
유행을 주도하는 헤어숍

퍼스널 매니저 데쓰카 마유미 씨 / 디렉터 도마베치 마야 씨

10년 전부터 '앞으로 어떻게 하면 좋을까?' 고민하는 중년 여성들에게 그레이 헤어를 제안해왔다고 한다. 하지만 지금까지 어떤 염료로 염색을 해왔는지에 따라 그레이 헤어로 가는 길도 달라진다는 데쓰카 씨.
"모발의 손상 정도, 남은 염색물을 어떻게 뺄지 등은 이전에 사용한 약품마다 방법이 다르거든요. 그 점을 늘 고려하면서, 로우라이트를 넣어 흰머리를 중심으로 그러데이션을 내는 방법을 제안하고 있어요. 그래야 손님들도 그레이 헤어로 가는 과정을 좀 더 즐길 수 있을 것 같아서요."
마지막 단계까지 거쳐 염색을 졸업한 고객도 있지만, 그레이에 비친 다른 컬러의 매력에 눈을 뜬 고객도 있다.

내추럴한 하이라이트를 섬세하고 정성스럽게

지요미 | *age: 60*

헤어숍의 스타일링 포인트

지요미 씨는 아직 염색했던 부분이 많이 남아 있어서 그대로 두면 흰색과 검은색, 과거 염색한 부분의 컬러까지 쓰리 톤이 돼요. 그래서 지금은 흰머리 부분을 미세하게 늘려가기 위해, 애시 계열의 톤으로 하이라이트를 넣어봤어요. 흰머리 부분의 엷은 노란빛을 잡아주면서 염색이 남은 부분과도 자연스럽게 어우러져 추천할 만해요.

모발 본연의 컬을 살려서 커트했기 때문에 드라이어로 말리기만 해도 어느 정도 정돈이 된답니다.

지요미 씨의 코멘트

2016년 여름, 헤어 볼륨이 줄어든 기분이 들어서 염색을 그만둬야겠다는 생각을 처음으로 했어요. 하지만 직장 선배가 아직 이르다고 말해서 조금 고민이 됐죠. 하지만 아카네 씨가 염색하지 않고도 충분히 멋을 즐길 수 있다고 격려해줘서 지금에 이르렀네요.

이 절묘한 컬러 조합이 너무 마음에 들어서, 이제까지 안 입었던 진한 배색의 패션 아이템에도 도전하고 있답니다. 지금은 직장 동료들의 반응도 엄청 좋고요.

에지를 살려 자른 머리가 동안 스타일의 비결

기요코 *age: 57*

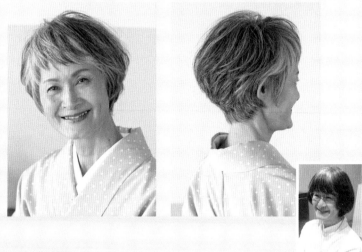

헤어숍의 스타일링 포인트

기요코 씨는 처음으로 숍에 방문했을 때 본인이 직접 자른 머리를 하고 계셨죠. 흰머리 부분이 꽤 길었기에 차라리 쇼트 커트를 하면 더 맵시 있겠구나 싶었어요.

그레이 헤어의 경우 헤어스타일의 강약이 특히 더 중요해요. 부드러운 느낌의 그레이 헤어에 둥글둥글한 느낌의 헤어스타일은 오히려 나이 들어 보이기 쉬워요. 뒷부분은 가볍게 층을 주고, 귀 주변과 목덜미 부분은 바짝 잘랐어요. 길이가 짧은 앞머리로 에지를 살리는 게 포인트죠.

기요코 씨의 코멘트

원래는 다니던 헤어숍이 따로 있었고, 흰머리 염색을 점점 옅게 하면서 그레이로 갈 생각을 하고 있었어요. 그런데 2년 전부터 염색하는 게 싫어져 집에서 혼자 머리를 자르며 길렀죠.

그러다가 우연히 아카네 씨의 블로그를 보고 헤어숍에 찾아간 거예요. "저도 멋스러운 그레이 헤어 스타일을 하고 싶어요." 제 의사를 전하자 그녀는 과감하게 제 머리를 싹둑 자르더군요. 그 단호함에 매료되어 지금은 전적으로 아카네 씨를 믿고 제 헤어스타일을 맡기고 있어요. 가족, 친구들 모두 잘 어울린다고 말해줘서 더 힘이 나요.

Lullii YOUR SALON 룰리 유어 살롱

염색을 졸업한 뒤에도
더 다양한 그레이의 멋을 누릴 수 있기를

모테기 아카네 씨

프라이빗한 공간의 살롱으로 세심하게 고객들의 스타일을 관리해준다. 흰머리 염색을 그만두고 싶다는 고객이 찾아오면 일단은 상대방의 입장에서 생각한다고.
"어떻게 하면 더 나은 기분으로 이 시기를 지나갈 수 있을까를 생각하는 거죠. 머리를 기르면서 멋을 추구한다는 게 쉽지는 않지만, 저는 고객분들이 절대 체념하지 않았으면 좋겠어요. 방법은 어떻게든 찾을 수 있거든요."
흰머리 염색을 그만두는 대신, 그 비용을 다른 케어를 받는 쪽으로 투자하다 보면 오히려 머리나 두피를 더 신경 쓰게 되는 고객들도 많다고.

검은 모발을 블리치해
흰머리와의 대비를 줄여나가다

미요시 유키에 *age: 66*

헤어숍의 스타일링 포인트

미요시 씨는 흰머리가 적은 편이어서 검은 부분을 섬세한 위빙 기법으로 블리치한 뒤 메탈 브라운이나 애시 톤, 라벤더 컬러 등을 섞어서 색을 넣었어요. 하루하루 지날수록 블리치 컬러가 빠지지만, 흰머리와의 차이는 확실히 누그러져요. 아직은 검은 모발이 많기 때문에 흰머리를 기르면서 과감한 하이라이트로 미요시 씨만의 그레이 스타일을 누리고 있지요.

미요시 씨의 코멘트

그레이 헤어로 기르고 싶다는 생각을 하게 된 건 1년 전쯤. 지금 이 머리칼 색을 본 아이들이나 손주는 놀란 기색이었지만, 저는 개인적으로 정말 마음에 들었어요. 무엇보다 흰머리와 검은 머리의 컬러 차이가 줄어들어서 뿌리 부분이 자라났을 때의 스트레스도 사라졌어요. 정말 속이 후련하더군요. 전체가 흰머리가 되려면 시간이 걸리겠지만, 그 순간도 즐겨야겠다고 마음먹고 있어요.

흰머리를 꼭 염색해야 한다는 건 고정관념
차츰 이런 상식도 바뀔 것

퍼스널 매니저 쓰지가와 게이코 씨

요즘은 염색하는 고객 중에도 그레이 헤어가 잘 어울릴 것 같은 경우가 꽤 많이 보인다는 쓰지가
와 씨. 혹시 그레이 헤어에 도전하고 싶다면 기쁘게 서포트해줄 것이라고 말한다.
"최근에는 염색약도 종류가 정말 다양해요. 제대로 잘 사용하면 주변 사람들이 눈치채지 못하는
사이에 그레이 헤어로 무사히 전환할 수 있죠."
헤드스파도 고객들에게 추천하고 싶다는 그녀. 머리칼 본래의 건강함을 되찾으면 모발에 다시
윤기가 돌아서 스타일링이 간단해진다는 설명도 덧붙인다.

Salon 4   **balance 밸런스** 아사가야 지점

그레이 헤어 세대의 고민에 다가서
경쾌한 스타일을 제안하다

대표 요시다 쇼이치 씨

'그레이는 누구에게나 어울리는 모발 색'이라는 요시다 씨. 피부 톤이 한결 밝아 보이는 것은 물
론이고, 염색약으로 살갗이 붉어졌던 경우에도 그만두기만 하면 피부가 원래 상태로 돌아온다는
것. 그래서 그레이 헤어를 살린 헤어스타일을 원하는 고객들에게 부족함 없는 조언을 하고 있다.
"그레이는 경쾌한 색이라서 헤어스타일도 무거워 보이지 않게 하는 게 좋아요. 본연의 웨이브를
따라 층을 낸 가벼운 커트나 쇼트 커트 스타일로 부드럽고 경쾌한 분위기를 낼 수 있지요."

모발 전체가 검은색일 때부터
부분 염색으로 자연스럽게 그레이로

가미가히라 유미 *age: 71*

헤어숍의 스타일링 포인트

가미가히라 씨의 머릿결은 부드러우면서도 섬세해요. 좀 더 발랄한 헤어스타일을 추구하기 위해 위빙으로 컬러를 넣어봤어요. 이렇게 하면 뿌리 부분에 올라왔던 흰머리는 눈에 잘 안 띄면서, 전체적으로 그레이 계열 느낌이 잘 살아나거든요.

커트와 파마, 위빙까지 총 1시간 반에서 2시간 정도가 소요돼요. 1개월 반 혹은 2개월 주기로 스타일링을 다시 점검해주면 좋죠. 볼륨을 살리는 게 포인트라서 헤어숍이나 집에서 두피 케어를 꾸준히 하는 걸 추천합니다.

가미가히라 씨의 코멘트

나카지마 씨는 15년 정도 알고 지낸 사이로, 염색이든 커트든 전적으로 그의 의견에 맡긴 지 오래예요.

머리 앞쪽에 흰머리가 늘어난 것은 4~5년쯤 됐는데, 굳이 검은색으로 염색하고 싶지는 않았어요. 흰머리가 없던 10년 전부터 밝은 컬러로 부분 염색을 하곤 했었기 때문에, 지금도 그때처럼 쓰리 톤으로 부분 부분 물들이고 있어요. 부분 염색이 익숙해서인지 흰머리가 새로 나도 자연스러운 색처럼 느껴지니 딱히 스트레스는 없는 것 같아요.

푸석푸석 뻗침머리가 신경 쓰인다면
헤어 웰에이징(well aging)
가장 중요한 것은 두피 케어

대표 나카지마 요시무네 씨

'그레이 헤어로 전환하고 싶다면 먼저 상담'을 해달라는 나카지마 씨. 전부 흰머리로 바꾸는 데는
시간이 꽤 들기 때문에 언제쯤 최종 스타일이 나왔으면 좋겠는지, 도중에 어떻게 관리해야 하는
지 등 다양한 각도로 바라봐야 스타일 제안이 가능하다는 것이다.
게다가 센스 헤어는 헤어 웰에이징[19] 분야로 실력이 입증된 헤어숍. 치과의사에게 정기적으로 화
이트닝을 받는 것처럼 헤어 스칼프 샴푸[20]로 두피를 말끔하게 관리해준다. 그레이 헤어 세대에게
꼭 필요한 정보와 서비스 내용이 풍부하다.

밝은 브라운으로 시작해
그레이 계열 컬러로 바꿔가는 중

고보리 다마미 *age: 84*

헤어숍의 스타일링 포인트

원래는 밝은 브라운 톤으로 염색했었지만, 그레이 계열 브라운으로
매니큐어를 넣어서 차츰 그레이 컬러를 더 강화하려 하고 있어요.
현재는 옅은 실버 그레이로 매니큐어 시술을 한 상태고요. 이후에는 실버 색상 위주로 더
확실히 바꿔가면서 그레이 헤어만이 즐길 수 있는 컬러의 매력을 전해드리고 싶네요.

고보리 씨의 코멘트

그레이 헤어로 머리를 기르기 시작한 게 5년 전이네요. 하타 씨가 추천해준 게 계기였어
요. 브라운 계열 톤에서 점점 그레이 컬러로 넘어왔는데, 지금 스타일에 매우 만족하고
있답니다. 색을 유지할지 말지도 친절하게 설명해줘서 늘 안심이에요. 앞으로도 하타 씨
에게 전부 맡겨야겠어요.

커트와 파마만으로 그대로 길러
흰머리 염색을 졸업

모리시타 쓰에코 *age: 73*

헤어숍의 스타일링 포인트

모리시타 씨는 매번 후쿠오카에서 먼 길을 마다하지 않고 와주시
는 고마운 손님이에요. 오랜 기간 알고 지내서 저도 여러 가지 시
도들을 편하게 제안하곤 해요. 흰머리 염색을 졸업하기로 결정했을 때부터 기본 파마 스
타일에 커트만으로 갈 생각이었고, 마침내 아름다운 그레이 헤어가 완성되었죠.

모리시타 씨의 코멘트

흰머리 염색을 그만둔 지 10년째예요. 염색이 귀찮게 느껴졌던 게 가장 큰 이유였어요.
하타 씨에게 커트와 파마 서비스만 받으면서 그대로 흰머리를 길렀어요. 항상 멋진 스타
일로 만들어주니 안심이죠. 이제는 완벽한 그레이 헤어가 되었는데, 무엇보다 편합니다!

헤어매니큐어로 조금씩 그레이로 전환

비가노 후코 age: 82

헤어숍의 스타일링 포인트

나카노 씨는 가장 기본적인 방법으로 조금씩 그레이 헤어로 전환했어요. 원래는 매트한 애시 계열의 브라운으로 염색했었지만, 흰머리양이 늘자 좀 더 진한 그레이 매니큐어로 바꿨죠. 균형을 잘 살피면서 차근차근 실버 컬러를 끌어냈고, 지금은 엷은 실버 컬러로 매니큐어를 넣고 있어요.

나카노 씨의 코멘트

거울에 비친 제 헤어 컬러에 이질감을 느낀 게 계기가 되어, 5년 전부터 염색을 그만뒀어요. 그때부터 하타 씨에게 부탁해 그레이 헤어로 바꿔가는 중이에요. 전부 그에게 맡기고 있지만, 특별히 아쉬웠던 적은 없어요. 헤어숍에 올 때마다 늘 기대하는 마음이 크답니다.

Salon 6　MaxBlonde 맥스블론드

**개성 있는 스타일이야말로
그레이 헤어와 천생연분**

대표이사 하타 스스무 씨

"흰머리를 브라운 계열로 염색하다 보면 시간이 지나면서 어느새 피부 톤이나 질감과 부딪치게 돼요. 그럼 스타일이 겉돌게 되죠. 반면 그레이 계열 컬러는 세월이 묻어나는 피부와도 잘 어울립니다."
해외에서 쌓은 경력이 상당한 하타 씨는 그레이 계열 헤어스타일은 언제나 유행의 중심에 있다고 말한다.
"내추럴한 흰머리에 아름다운 그레이 계열로 포인트를 주면 패션 센스도 좋아져요. 그런 사람들이 거리에 늘어나면 그레이 헤어가 갖고 있는 잠재적 매력을 다시 되돌아볼 기회가 될 거라고 생각합니다."

케어&커트만으로 살려낸
그레이 헤어의 볼륨감

마스부시 미쓰 *age: 77*

헤어숍의 스타일링 포인트

6년 전, 처음 만났을 때부터 이미 그레이 헤어
였던 마스부시 씨. 본연의 웨이브를 살린 커트
만으로 이런 헤어스타일이 나왔어요. 머리 위쪽 부분의 볼륨이 아름다움의 비결이에요. 그
래서 샴푸한 뒤에 블로 웨이브[21]를 넣을 때 모발 뿌리 부분을 살짝 잡아 올려 말리라고 조
언하고 있습니다.

마스부시 씨의 코멘트

염색 이후 살갗에 습진이 일어났던 걸 계기로 흰머리 염색을 멈추게 됐어요. 의사 선생님도
그만두길 권유했고, 가족들도 적극 지지해줬죠. 그레이 헤어로 바꿔가는 중에도 큰 어려움
은 없었어요. 솔직히 매달 염색할 날에 쫓길 필요도 없고, 어쩐지 마음에 여유도 생기더군
요. 어쨌든 그레이 헤어의 운명은 커트라고 종종 느껴요.

Salon 7　　**LotusHairDesign 로터스헤어디자인**

두피 케어로 모질이 바뀌면
디자인도 더 다채롭게!

대표이사　시로타 소지 씨

"제안할 수 있는 그레이 헤어 스타일은 끝이 없다"는 시로타 씨. 헤어숍에서 제안할 수 있는 다양
한 것들이 있다고 말한다. 이를테면 계속 자라나는 고객들의 그레이 헤어를 지켜보며 확신을 갖게
된 두피 케어 스킬이라든지 보습 관리 등이다.
그레이 헤어의 경우, 윤기를 내고 싶은 나머지 오일이나 트리트먼트를 과도하게 사용해 오히려 모
발이 코딩이 되는 경우도 있다고. 그렇게 되면 모발의 큐티클 성분이 손상되어 머릿결은 더 푸석
푸석해진다.
"두피나 모발 뿌리 부분을 제대로 케어해서 건강한 머리칼이 새로 나면 커트의 결과도 좋아져요."

1) 플래티넘 블론드: 백금발을 뜻함. 아주 옅은 색의, 거의 순백 블론드에 가까운 모발. *021p.*

2) 컬러 트리트먼트: 샴푸한 뒤 색소가 포함된 트리트먼트로 헤어를 관리해주는 한 방법이다. 머리칼 큐티클(모발 겉면에 각질이 있는 부분) 층에 트리트먼트의 색소가 내려앉으며 다른 색상처럼 보이게 된다. *025p.*

3) 스트로 해트: 밀짚모자를 의미한다. *041p.*

4) 퐁파두르: 프랑스 후기(1750~60년대) 복식 문화 스타일에서 따온 명칭. 루이 15세의 정부인 퐁파두르 부인의 헤어스타일이 기초가 됐다. 올림머리 스타일 중 하나로, 느슨하게 묶어 볼륨감을 살리는 게 포인트. *076p.*

5) 구루린파: 셀프 헤어스타일로 자주 등장하는 반묶음 스타일. 사진처럼 돌돌 말아서(くるり) 꽉(ばっ) 묶은 모양을 연상케 하는 의성어를 조합해 '구루린파'로 이름 지었다. *077p.*

6) 보색샴푸: 탈색 전용 샴푸. 바이올렛 색소(탈색 컬러의 보색 컬러 색소)를 포함하고 있어서 탈색 후 남은 색소인 노랑, 오렌지 등을 무채색으로 보이게 한다. *083p.*

7) 야카이마키: 일본 고전 헤어스타일로, 우리나라의 올림머리 혹은 웨딩 헤어스타일(업스타일) 기법과 닮았다. *086p.*

8) 패스트패션: 최신 유행 스타일을 반영해 빠르게 제작해 유통, 소진하는 의류 및 소품 등을 의미한다. 대표적인 브랜드로는 ZARA, H&M, 유니클로 등이 있다. *087p.*

9) 위그: 탈부착 혹은 핀 등으로 고정할 수 있는 부분 가발. *118p.*

10) 플랜테이션: 플랜테이션(Plantation)은 이세이 미야케 디자인 스튜디오에서 1981년에 론칭한 의류 브랜드로, 일상을 테마로 한다. 인종과 나이, 체형과 상관없이 누구든 자유롭게 입을 수 있는 천연 소재의 옷을 추구한다. 넉넉한 핏에 관리가 용이한 게 특징. *120p.*

11) 소바주: 프랑스어 소바주(sauvage)를 그대로 해석하면 '자연 그대로의, 원시의' 등의 의미. 말

그대로 거친 느낌이 들 정도로 강한 컬이 특징인 웨이브 파마 스타일로, 자연스러움을 추구하는 파리지앵 이미지가 떠오른다. *130p.*

12) '젊은이는 아름답지만, 나이 든 이는 비할 수 없이 아름답네': 월트 휘트먼의 시, <아름다운 여인들>. *132p.*

13) 바레트: 헤어핀의 한 종류로, 클립 형태로 된 금속 핀 위에 다양한 장식을 붙여 만든다. *137p.*

14) 코디네이트 룩: 색·무늬·소재 등을 고려해 한 가지 옷을 다른 옷과 잘 어울리게 조화시키는 옷을 말한다. *141p.*

15) 헤어 블리치: 모발의 멜라닌 성분을 분해해 검은색을 엷게 하는 헤어스타일링 기법으로 탈색과 비슷한 원리이다. *143p.*

16) 오히나사마: 일본 전통 인형으로, 3월 3일 히나마쓰리(여자 어린이의 무병장수를 기원하는 전통축제) 때 이 인형을 빨간 천이 깔린 제단 위에 올린다. *145p.*

17) 포트레이트: 포트레이트(portrait), 초상화 혹은 어깨까지 나온 인물 사진. *180p.*

18) 페일 옐로나 세피아 브라운: 패션계 용어로 컬러 톤을 구분하자면, 애시 계열은 회색빛이 섞인 색상을, 페일 옐로는 채도가 낮은 연한 노란색을, 세피아 브라운은 진하고 어두운 갈색을 의미한다. *213p.*

19) 헤어 웰에이징: 피부 노화 방지를 위한 관리를 안티에이징(anti-aging)이라 부르는 것처럼, 최근에는 나이가 들면서 푸석해지고 쉽게 손상되는 모발을 관리하는 헤어 웰에이징(well aging) 개념이 생겨났다. *222p.*

20) 헤어 스칼프 샴푸: 두피 관리를 위한 전용 샴푸. 두피에 쌓인 각질과 피지 등을 말끔히 씻어주면서 필요한 영양분은 유지 혹은 제공해서 두피와 모발 건강을 돕는다. *222p.*

21) 블로 웨이브: 블로 웨이브(blow wave)는 롤브러시와 드라이어로 웨이브 스타일을 내는 기술을 의미한다. *225p.*

고잉 그레이 | 나는 흰머리 염색을 하지 않기로 했다

초판 1쇄 발행 2020년 5월 25일

지은이 주부의 벗
옮긴이 박햇님

펴낸이 金昇芝
펴낸곳 블루무스
전화 070-4062-1908
팩스 02-6280-1908
주소 서울시 마포구 월드컵북로 400 5층 21호
출판등록 제2018-000343호

이메일 bluemoosebooks@naver.com
인스타그램 @bluemoose_books

ⓒSHUFUNOTOMO CO., LTD. 2018
ISBN 979-11-968481-2-5 03830

현재의 운명을 주관하는 여신이란 뜻의 '베르단디'는 블루무스 출판사의 인문·에세이 브랜드입니다.

이 도서의 국립중앙도서관 출판예정도서목록(CIP)은 서지정보유통지원시스템
홈페이지(http:// seoji.nl.go.kr)와 국가자료공동목록시스템(http://www.nl.gl.kr/kolisnet)에서
이용하실 수 있습니다. (CIP제어번호:2020007571)